燎原烈火

陈思和
宋炳辉
主编

四川人民出版社

图书在版编目（CIP）数据

燎原烈火/陈思和，宋炳辉主编 . —成都：四川
人民出版社，2024.1
ISBN 978－7－220－13425－8

Ⅰ．①燎… Ⅱ．①陈… ②宋… Ⅲ．①中国文学－现
代文学－作品综合集 Ⅳ．①I216.1

中国国家版本馆 CIP 数据核字（2023）第 154314 号

LIAOYUAN LIEHUO

燎原烈火

陈思和　宋炳辉　主编

出 版 人	黄立新
选题策划	李淑云
责任编辑	李京京
封面设计	叶 茂
内文设计	李其飞
责任校对	朱雯馨
责任印制	周 奇

出版发行	四川人民出版社（成都三色路 238 号）
网 址	http://www. scpph. com
E-mail	scrmcbs@sina. com
新浪微博	@四川人民出版社
微信公众号	四川人民出版社
发行部业务电话	（028）86361653 86361656
防盗版举报电话	（028）86361653
照 排	四川胜翔数码印务设计有限公司
印 刷	成都兴怡包装装潢有限公司
成品尺寸	155mm×230mm
印 张	14.25
字 数	165 千
版 次	2024 年 1 月第 1 版
印 次	2024 年 1 月第 1 次印刷
书 号	ISBN 978－7－220－13425－8
定 价	69.00 元

编选说明

一、本书编选宗旨：站在新世纪回眸百年中国文学，以其艺术精品展示后人，为未来中国保留一份20世纪中国文学的"古文观止"。

二、本书编选性质：既为广大中文专业的本科和专科学生提供一部篇幅不大、内容精要、适合阅读学习的20世纪中国文学作品选，也为一般文学爱好者提供一部艺术性强，并且凝聚了现代中国知识分子美好精神境界的美文选，值得读者欣赏和珍藏。

三、本书编选范围：20世纪文学中的优秀作品，以现代汉语创作为主，包括小说、诗歌、散文、戏剧。长篇小说和篇幅过长的中篇小说选取其最能体现作家艺术成就的精彩片段；但一般的中篇小说、短篇小说均收录全篇。篇幅过长的诗歌和多幕戏剧也采取选其精彩片段的方法。散文包括抒情性散文、议论性散文、杂文和其他相关文体，但不包括篇幅较大的报告文学和理论批评文章。一般不选入旧体诗词。

四、本书编选体例：其顺序为［1］篇名；［2］作家简介；［3］作品正文；［4］作家的话；［5］评论家的话。其中［4］选取作家本人有关的创作谈。如一时找不到的，则空缺。［5］选取较权威的评论家已发表的对所选作品的批评或就作家整体风格的批评意见。通常选一到两则。如一时找不到的，由参与本书编辑工作的有关人员撰写，但不标"评论家的话"，而标"推荐者的话"，以示区别。

五、本书编选原则：本书强调感人的语言艺术和知识分子人格力量相融合的审美标准，强调真正的艺术创造是超越时间和空间限制而永存于世的文学观念，一般不考虑文学史的需要，不考虑思潮流派的代表性，也不考虑作家在现实社会中的地位和影响。

六、本书编选方式：本书所选作品，要求选其最好的版本。若有作家多次修改的作品，应在比较各种版本的基础上，以其艺术表现最成熟的版本为准，也会参考其他版本稍作修改。

七、本书编排顺序：基本按作品写作时间的前后排列，若无从考其写作年月，则以其初刊年月为准。相同作家的作品，也按其写作或发表时间的前后排列。

八、本书初版由复旦大学中文系现代文学教研室与中央广播电视大学等单位共同编辑，陈思和与李平担任主编，邓逸群与宋炳辉担任副主编，共同负责全书的策划、协调、审读、定稿等工作。参加工作的具体人员是：王东明、苏兴良、李平、钱旭初、韩鲁华、陈利群（主要负责小说编选）；李振声、张新颖、宋炳辉、梁永安（主要负责诗歌与散文作品的编选）；杨竞人、邓逸群（负责戏剧作品的编选）。另外，张业松也参加过部分工作。本书初版由上海学林出版社 1999 年出版。

本次修订，主要由宋炳辉负责，参与者有：郜元宝、张新颖、王光东、宋明炜、段怀清、金理等。陈思和最后审定。此次修订，对当代部分做了一些调整，新增了韩松、王小波、迟子建、阎连科等作家的相关篇目。

九、我们必须声明的是，这并不是十全十美的选本，更不是唯一的经典的选本，它只是一个能够比较自由地表达编者的文学审美观念的选本，希望读者能够从中获得人格的影响和美的熏陶。对于有些地区的作品（如香港、台湾地区等），因为资料的缺乏和信息的不敏，我们并无十分的把握，难免有遗珠之憾。"作家的话"和"评论家的话"两部分，因为不能翻阅所有的资料，肯定有许多选得不甚到位。我们希望读者能给以认真的批评和建议，以便以后再版时能有所修订增补，使其尽可能地接近于完美。

主编：陈思和　宋炳辉

目　录
CONTENTS

001　卞之琳　距离的组织（1935.1）

006　田　汉　义勇军进行曲（1935）

009　何其芳　弦（1935.7）

014　芦　焚　过岭记（1935.8）

031　沙　汀　兽　道（1936.5）

044　夏　衍　包身工（1936.6）

060　李劼人　死水微澜（《死水微澜》节选）（1936.7）

089　李广田　扇子崖（1936.8）

099　鲁　迅　女　吊（1936.9）

109　老　舍　在烈日和暴雨下（《骆驼祥子》节选）（1936—1937）

131　周作人　赋得猫（1937.1）

143　宋春舫　一幅喜神（1937）

165　艾　青　向太阳（1938.4）

188　王统照　芦沟晓月（1938）

194　陆　蠡　囚绿记（1938）

200　光未然　黄河大合唱（1939.3）

卞之琳
距离的组织

卞之琳，1910年出生于江苏海门。1929年至1933年在北京大学英文系就读期间已发表诗作，毕业后在中学任教，课余从事写作和翻译，出版诗集《三秋草》《鱼目集》。1936年与何其芳、李广田合著诗集《汉园集》，诗作注重时空相对观念与感情的蕴藉相契合，用冷淡掩映深挚，讲究"戏剧性处境"，这给他带来晦涩的诗名。1938年至1939年在延安、太行山区访问，并在鲁艺任教，著有诗集《慰问信集》等。1940年后在昆明西南联大、天津南开大学任教授。1947年至1949年为英国牛津大学拜里奥学院访问学者。1949年后任北京大学西语系教授、中国社科院文学所及外国文学所研究员。出版自编诗选集《雕虫纪历（1930—1958）》，译作有长篇小说《紫罗兰姑娘》[英·依修伍德]、《英国诗选》（莎士比亚致奥登）、《莎士比亚悲剧四种》等。20世纪80年代后陆续出版散文集《沧桑集（1936—1946）》，诗论集《人与诗：忆旧说新诗》，论著《布莱希特戏剧印象记》等。2000年12月2日去世。

想独上高楼读一遍《罗马衰亡史》，

忽有罗马灭亡星出现在报上。①

报纸落。地图开，因想起远人的嘱咐。

寄来的风景②也暮色苍茫了。

（"醒来天欲暮，无聊，一访友人吧。"）③

灰色的天。灰色的海。灰色的路。④

哪儿了？我又不会向灯下验一把土。⑤

忽听得一千重门外有自己的名字。

好累啊！我的盆舟没有人戏弄吗？⑥

友人带来了雪意和五点钟。⑦

————————

① 1934年12月26日《大公报》国际新闻版伦敦25日路透电："两星期前索佛克业余天文学者发现北方大力星座中出现一新星，兹据哈华德观象台纪称，近两日内该星异常光明，估计约距地球一千五百光年，故其爆发而致突然灿烂，当远在罗马帝国倾覆之时，直至今日，其光始传至地球云。"这里涉及时空的相对关系。

② "寄来的风景"当然是指"寄来的风景片"。这里涉及实体与表象的关系。

③ 这行是来访友人（即末行的"友人"）将来前的内心独白，语调戏拟我国旧戏的台白。

④ 本行和下一行是本篇说话人（用第一人称的）进入的梦境。

⑤ 1934年12月28日《大公报》的《史地周刊》上《王同春开发河套讯》："夜中驱驰旷野，偶然不辨在什么地方，只消抓一把土向灯一瞧就知道到了哪里了。"

⑥ 《聊斋志异》的《白莲教》篇："白莲教某者，山西人也，忘其姓名……某一日，将他往，堂上置一盆，又一盆覆之，嘱门人坐守，戒勿启视。去后，门人启之。视盆贮清水，水上编草为舟，帆樯具焉。异而拨以指，随手倾侧，急扶如故，仍覆之。俄而师来，怒责：'何违吾命！'门人力白其无。师曰：'适海中舟覆，何得欺我！'"这里从幻想的形象中涉及微观世界与宏观世界的关系。

⑦ 这里涉及存在与觉识的关系。但整诗并非讲哲理，也不是表达什么玄秘思想，而是沿袭我国诗词的传统，表现一种心情或意境，采取近似我国一折旧戏的结构方式。

一月九日

选自《雕虫纪历（1935—1958）》

人民文学出版社 1984 年版

作家的话 ◈

我始终只写了一些抒情短诗。但是我总怕出头露面，安于在人群里默默无闻，更怕公开我的私人感情。这时期（编按，指三十年代）我更多借景抒情，借物抒情，借人抒情，借事抒情。没有真情实感，我始终是不会写诗的，但是这时期我更少写真人真事。我总喜欢表达我国旧说的"意境"或者西方所说"戏剧性处境"，也可以说是倾向于小说化，典型化，非个人化，甚至偶尔用出了戏拟（parody）。所以，这时期的极大多数诗里的"我"也可以和"你"或"他"（"她"）互换，当然要随整首诗的局面互换，互换得合乎逻辑。

《雕虫纪历（1930—1958）（增订版）·自序》

评论家的话 ◈

这诗所叙的事只是午梦。平常想着中国情形有点像罗马衰亡的时候，一般人都醉生梦死的；看报，报上记着罗马灭亡时的星，星光现在才传到地球上（原有注）。睡着了，报纸落在地下，梦中好像在打开"远"方的罗马地图来看，忽然想起"远"方（外国）友人来了，想起他的信来了。他的信附寄着风景片，是"灰色的天，灰色的海，灰色的路"的暮色图；这时候自己模模糊糊的好像就在那"灰色的天，灰色的海，灰色的路"里走着。天黑了，不知到了哪儿，却又没有《大公报》所记王同春的本事，只消抓一把土向灯一瞧就知道什么地方（原有注）。忽然听见有人叫自己名字，由远而近，这一来可醒了。好累呵，却不觉得是梦，好像自己施展了法术，在短时间渡了大海来着；这就想起了《聊斋志异》里记白莲教徒的事，那人出门时将草舟放在水盆里，门人戏弄了一下，他回来就责备门人，说过海时翻了船（原有注）。这里说：太累了，别是过海时费力驶船之故罢。等醒定了，才知道有朋友来访。这朋友也午睡来着，"醒来天欲暮，无聊，一访友人吧。"这就来访问了。来了就叫自己的名字，叫醒了自己。"醒来天欲暮"一行在括弧里，表明是另一人，也就是末行那"友人"。插在第四、六两行间，见出自己直睡到"天欲暮"，而风景片中也正好像"欲暮"的"天"，这样梦与真实便融成一片；再说这一行是就醒了的缘由，插在此处，所谓蛛丝马迹。醒时是五点钟，要下雪似的，还是和梦中景色，也就是远人寄来的风景片一样。这篇诗是零乱的诗境，可又是一个复杂的有机体，将时间空间的远距离用联想组织在短短的午梦和小小的篇幅里。这是一种解放，一种自由，同时又是一种情思的操练，是艺术给我们的。

朱自清：《解诗》

卞之琳从小以读《千家诗》入手，熟谙旧词章一类书籍，进入中学以后接触到冰心的《繁星》、郭沫若的《女神》、徐志摩的《志摩的诗》和闻一多的《死水》。我国旧诗词重视精练和意境、含蓄和暗示、严实的结构和对照呼应手法等优点都在卞诗中有强烈反映，特别在他初期作品中，出现过晚唐与宋诗词如李商隐、姜白石等婉约清峻的诗风，感伤怅惘中自有一番温馨和秀丽。进入大学以后，他一面受徐志摩、闻一多的影响，学习他们的洗练口语、戏剧化手法和格律意识，一面又向法国象征主义诗人借鉴，像波德莱尔一样，着意描写北平街头的灰色景物和小人物，学魏尔仑的亲切暗示笔法，认为这与我国古诗词一拍即合。到三十年代中后期，他又在艾略特早期作品启迪下，活用了艾氏"客观联系物"的创作方法和蒙太奇手法，以及瓦雷里的诗体和韵式。在他创作的后期（1938—1958），卞之琳又吸收奥登（中期）、阿拉贡（抵抗运动后期）通俗轻松笔法，写出了面向大众的新型政治（社会）抒情诗。

在新诗内部，卞之琳上承"新月"（徐、闻），中出"现代"，下启"九叶"（尤其是四十年代西南联大的一些年轻诗人），五六十年代以后对海外华裔诗人（包括港台诗人）也有广泛影响，这也是不待详论细证的。

袁可嘉：《略论卞之琳对新诗艺术的贡献》

田 汉
义勇军进行曲

　　田汉，原名田寿昌，1898 年生于湖南长沙的农家。
1916 年随舅父赴日本，入东京高等师范学院。1919 年参加
少年中国学会，并开始创作话剧，有《咖啡店之一夜》《获
虎之夜》等，带有唯美主义的倾向。1921 年与郭沫若等人
发起成立创造社。次年回国。创办《南国》半月刊，组织南
国电影剧社，从事戏剧电影活动。1928 年创办南国艺术学
院。1930 年参加左翼作家联盟和左翼戏剧家联盟，思想倾
向和艺术风格都发生变化，曾发表《我们的自己批评》清
算自己。1932 年加入中国共产党，积极从事左翼戏剧和左
翼电影运动，并创作大量话剧、电影和诗歌。抗战爆发后，
组织抗敌演剧队从事抗战宣传活动，还利用旧戏曲的形式
创作了大量剧本。20 世纪 50 年代曾任中国剧协主席等职，
1959 年以知识分子的良知写出了千古绝唱《关汉卿》。"文
化大革命"中惨遭迫害，1968 年屈死狱中。他工于旧体诗
和歌词创作，其中《义勇军进行曲》经聂耳谱曲，在抗战
期间传唱全国，1949 年被定为中华人民共和国国歌。

起来！不愿做奴隶的人们！

把我们的血肉，

筑成我们新的长城！

中华民族到了最危险的时候，

每个人被迫着发出最后的吼声。

起来！起来！起来！

我们万众一心，

冒着敌人的炮火前进！

冒着敌人的炮火前进！

前进！前进！进！

1935 年

选自《田汉文集》第 12 卷

中国戏剧出版社 1984 年版

作家的话 ◈◈

《义勇军进行曲》是电影剧本《风云儿女》的插曲之一（1935）。这剧本写"九一八"后我抗日义勇军的活动。……这支曲原想得稍长，因摄制前我即被捕入狱，出狱前《风云儿女》影片上映，而作曲者聂耳同志也以二十四岁的青壮之年溺死于日本千叶海滨。我曾于狱中写诗追悼他，可以说这支歌曲是在民族苦难中的产物。

……在（全国政协第一次会议）第六小组最后几次讨论会上，

先后由刘良模、梁思成、张奚若诸先生提议以《义勇军进行曲》为国歌。因原词有"到了最危险的时候"之句，预备只用《义勇军进行曲》的谱而另制新词的，郭沫若先生并已拟就三段。但张奚若先生以为不如仍用原词较有历史意义，并举法国《马赛曲》为例。毛主席与周恩来副主席亦赞其说，谓"安不忘危"，何况我以这新中国要真正达到安定、安全，还须要与内外敌人及各种困难艰苦斗争，这样便向大会提出了。

《关于〈义勇军进行曲〉》

评论家的话 ◇

除了话剧、电影作品之外，田汉同志作为一个富有战斗激情的革命诗人，还为不少话剧、电影的插曲写了大量充满革命激情、振奋人心、社会影响非常广泛的歌词，如《义勇军进行曲》《毕业歌》等。其中聂耳作曲的《义勇军进行曲》，更是一曲民族解放的战歌，一支革命进军的号角。它那慷慨激昂的节奏，豪壮奔放的革命感情，打动了千百万群众，鼓舞了人民革命斗争的情绪。"起来，不愿做奴隶的人们"的歌声，唱遍祖国南北，从抗日战争唱到解放战争。中华人民共和国成立时，它曾被确定为代国歌，传唱在祖国各地和国外。

赵寻：《堪与吾民共死生——悼念田汉同志》

何其芳

弦 ◇

何其芳，1912 年生于四川万县（今重庆万州）。1929 年考入上海中国公学预科，曾发表新诗。1931 年入北京大学哲学系。散文集《画梦录》以精美雕饰的文采表述象征的诗情，获 1936 年《大公报》文艺奖金。1935 年大学毕业后，先后在天津南开中学和山东莱阳乡村师范学校任教，在现实影响下创作的《还乡杂记》等，文字渐趋朴实。1938 年夏赴延安，在鲁迅艺术学院工作，翌年任鲁艺文学系主任。到延安后，思想与创作发生显著变化，收入诗集《夜歌》和散文集《星火集》中的作品，表露了他对新生活的激情。1944 年后两度被派往重庆，从事文化界的统战工作，并任《新华日报》副社长等。1948 年调中央马列学院。自 1953 年起，长期任中国社会科学院文学研究所所长，并任中国作协书记处书记等职，主要致力于文学评论和文学研究的组织工作。晚年仍译诗不辍。1977 年病逝于北京。

当我忧郁的思索着人的命运时，我想起了弦。有时我们的联想是很微妙的。一下午，我独步在园子里，走进一树绿荫下低垂着头，突然记起了我的乡土，当我从梦幻中醒来时，我深自惊异了，那是一棵很平常的槐树，没有理由可以引起我对乡土的怀念，后来想，大概我在开始衰老了，已有了一点庭园之思吧。现在我想起了弦。我们乡下，有一个算命老人，他的肩上是一个蓝布笔墨袋，一张三弦。当他坐在院子里数说着人的吉凶祸福，他的手指就在弦上发出铮钋声，单调，零乱，恰如那种术士语言，但我那时虽是一个孩子，对那简单的乐器已生了爱好，虽说暗自想，为什么不是七弦呢，假若多几根弦一定更悦耳的。我很难说我现在想起的弦到底是那老先生手指间的，还是我想象里更繁杂的乐器，但我已开始思索着那位算命老人自己的命运了。

　　假若我们生长在乡下落寞的古宅里，那么一个老仆，一个货郎，一个偶来寄食的流浪人，于我们是如何亲切呵。我们亲近过他们又忘记了。有一天，我们已不是少年了，偶尔想起了他们，思索着他们的命运。有一天，我们回到那童年的王国去了，在夕阳中漫步着，于是古径间，一个老人出现了。那种坚忍的过着衰微日子的老人，十年或者二十年于他有什么改变呢，于是我们喊："你还认识我吗，算命先生？"他停顿着，抬起头，迟疑的望着我们。"你已不认识我了。你曾经给我算过命呢。"我们说出我们的名字。他首先沉默着，有点儿羞涩，一种温和的老人常有的羞涩，随后絮絮的问起许多事情。因为我们刚从很远的地方回来。他呢，他刚从一座倾向衰落的大宅第回来。那是我们童时常去的乡邻，现在已觉疏远了，正迟疑着是否再去拜访一次。我们一面回想着过去，一面和这过去的幽灵似的老人走着，问答着。"明天来给我再算一次命吧。""你们读书先生早已不相信了。""不，我相信。"我们怎样向他解释我们这种悲观的神秘倾向呢？我们怎样说服这位对自己的职业失了信心的老人呢？从前，有人嘲笑他时他说："先生，命是天生的，丝毫不错的，我们照着书上推算呢。"他最喜欢说一个故事："书上说，从前有两个人，生庚八字完全相同，但一个是宰相，一个是叫花子。什么道理呢？因为一个是上四刻生，一个是下四刻生。一个时辰还有这样的差别呢。""那么你算过你自己的命吗？"嘲笑者说。"先生，"他叹一口气，"我们的命是用不着算的。"现在，他经过了些什么困苦呢，他是在什么面前低下了他倔强的头呢？他也有一个家吗？在哪儿？我们想问终于又不问了。但他不待问就絮絮的说出许多事故，先后发生在这乡村里的，许多悲哀的或者可笑的事故。只是不说他自己。也许他还说到他刚去过的那座大宅第里已添了一代新人了；已没有从前那样富裕了；宅后那座精致的花园已在一种长期的忽略中荒废了。在那花园里曾有我们无数的足迹，和欢笑，和幻想。我们等待着更悲伤的事变。然而他却停止了，遗漏了我们最关切的消息，那家的那位骄傲又忧郁的独生女，我们童时的公主，曾和我们度过许多快乐的时光而又常折磨着我们小小的心灵的，现在怎样了？嫁了，或者死了，一切少女的两个归结，我们愿意听哪一个呢？我们想问终于又不问了。我们一面思索人的命运，一面和这算命老人走着，沉默着，在这夕阳古径间。于是暮色四合。到了一个分歧的路口，我们停顿着，抬着头，迟疑的彼此对望一会儿。"请回去了吧，先生。"于是我们说：再见。

再见：到了分歧的路口，我们曾向多少友伴温柔的又残忍的说过这句话呢。也许我们曾向我们一生中最亲切的人也这样说了，仅仅由于青春的骄矜，或者夸张，留下无数长长的阴暗的日子，独自过度着。有一天，我们在开始衰老了，偶尔想起了那些辽远的温暖的记忆，我们更加忧郁了，却还是说并不追悔，把一切都交给命运吧。但什么是命运呢：在老人或者盲人的手指间颤动着的弦。

七月二十三日

选自《何其芳文集》第 2 卷

人民文学出版社 1982 年版

作家的话 ◈

　　我的工作是在为抒情的散文发现一个新的园地。我企图以很少的文字制造出一种情调：有时叙述着一个可以引起许多想象的小故事，有时是一阵伴着深思的情感的波动。正如以前我写诗时一样入迷，我追求着纯粹的柔和，纯粹的美丽。

《我和散文》

评论家的话 ◈

　　何其芳把抒情文当作完整独立的艺术，确定和提高了抒情文的地位和格调。因此他的散文有统一的旨趣，决不漫然无归。他使散文进入一个新时代，接近了前述"纯"的标准。

何其芳的散文因为太精致，产量奇少，总共也不满三十篇，但却发生了广大的影响。

司马长风：《中国新文学史》（中卷）

芦 焚

◈ 过 岭 记

芦焚，又名师陀，原名王长简。1910 年出生于河南杞
县化寨。1932 年起在北平用芦焚的笔名发表小说，1936 年
第一本小说集《谷》因"他和农村有着深厚的关系，用那
管糅合了纤细与简约的笔，生动地描出这时代的种种骚动"
而获《大公报》文艺奖金，由此成名。他的笔底常常创造
出中原农村特有的场景：山川、原野，以及祖祖辈辈生于
斯长于斯的乡镇居民，虽也流连于田园风光，但更注重现
实社会中的苦难，常在农村风俗画卷上涂抹一笔"残阳如
血"的色彩。抗战后一直在上海居住，1946 年改用笔名师
陀，创作小说集《果园城记》，为其代表作。晚年创作过剧
本《西门豹》等。1988 年病故于上海。

上

　　一行三个人，勉强打过尖，顶年青的小茨儿就唱道："走啊！"说着立起身来，弹一个腿，两臂伸出去，几里克乒乱响。他约莫不到二十岁，嘴上还未脱尽黄灰汗毛，口角常是蕴着笑，看去是一个心头毫无牵挂的人。他赤脊梁，背皮被晒成酱卤色，大颗汗珠子源源下流，像一块未经开辟的生地。他身体足比得上一头小犊雄壮，且充溢着无限野性。又用白毛巾缠住脖项，在胸前打了一个结，自有一番样子。

　　日脚刚偏西，正是遍山流火时分，虽然不时有风从岩壁下吹来，草棚下却无一丝凉意，热得来像蒸笼。那只长癞疮的狗蜷伏在石桌脚下，拖出舌条喘得像一只风箱。可是苍蝇不让它安然纳凉，大模大样叮在脱毛的溃烂处，且哼出群舞曲，弄得小狗还没喘过气来，就又不得不叫嚷。小狗很生气，忙着用嘴咬，用爪抓，却不见一点效。苍蝇见对手奈何不得自己，似乎更高兴了，一面高声嘲笑，一面毫无情义的扑下去。实在太蛮横了，小狗不得已，"庄"的叫一声，一气溜到大路中心。它怒焰很盛，总该差不多没发疯罢，迎着毒日抖起毛来，喉间发出怪声。

　　大概畜生也晓得自量的，它懂得"以毒攻毒"，受屈的将是自己。在恶毒的阳光下立了片刻，总是想起那件毛头已脱落得不成样的皮袍，纵然晒也无济于事，所以仍悻悻然踱回原处躺着。苍蝇仍唱着叮着，它继续发它的怒。倘若是人，那又两样。譬如那位店家，对于热和苍蝇所持的态度与他的尊狗就显然不同。因为再没有别的客人要张罗，炉灶早清楚了，瞌睡虫是谁都有的，他也好打一次盹。他是坐在另一条石凳上，光脊梁倚住草棚柱子，一只脚也蹬在石凳上，双手攀住膝盖，头在两臂之间渐渐低下去。等到低得约莫够分寸了，再猛一下抬起来，少血色的脸上一条一条明漾漾的，那是汗的河床。涎液沾在大腿上拖得长长的，头自然又低下去了。蝇子并非因为他睡着不敢上前打搅，乃是店家拿着一把粗纸扇，在睡梦中还不停的摇着，扇又是浸过生桐油的；所以挥动哗啦哗啦直响，吓得蝇子不敢大模大样下去叮。

山中的蝇子似乎也要老实些。

同行的退伍军人吸着竹根烟袋，望着店家的睡相正觉得津津有味。倘是同棚子弟兄，真想趁店家仰起头的时节，将烟油填进他鼻筒里去了。

"走哇。"小茨儿又催促了。

"上哪块走，你？老乡！"

老总吹去烟灰，向年青人望着，露出讥诮又同情的笑。他只管揩去胸前那些汗汇成的蚯蚓，没有要走的意思。他端起有钵般大的白瓷碗喝一口。水太热，遂急忙吐出。

"你家里有什么人？"他向小茨儿笑着问。

"什么人？"小茨儿却不得不思量一番，"我爹一个。……还有——"

"还有你做饭的①，哈哈，哈！对不对？"退伍老总怪声怪气

---

① 做饭的——此处指小茨儿的老婆。

大笑。

"唔。"小茨儿脸红了。

"看你是个小雏。娶鸭窠不久就出门了，对不对?"他像看"麻衣相"的，尽端详小茨儿。

小茨儿羞得只是出大汗，弄得他脸上，没有胡子的嘴上，没一处不湿淋淋，像刚从暴雨里逃出来。

"那慌什么!"老总打着火，"反正不会背着你偷人家一个小孩来? 哈哈哈!"

他又怪声怪气笑着。小茨儿知道逗着他玩，望着流火的山头，只装莫听见。不料却把店家好梦惊溜了。

"别急慌，客官，水喝足不亏。"

店家用木勺添上水来。虽然只是山中茅店，口气倒还似"安寓客商"的打杂，客来张罗，客去嘱咐。

我觉得很是感动。许多说部仿佛都描写过"店家"，大抵属谲诈奸狯凶狠恶霸一流人物，很少有写得好的。为什么店家都在小说里开"黑店"呢? 没有人考究过，至今还是谜语。然而这谜语的解答是"谎"。记得有次落脚一个同样的店里，遭逢淫雨，白住了三天，店主不单没有逼我卖"黄骠马"，临走也还不忘一番叮咛。几句话的人情固然不值什么，但较之劫去客人行囊，甚至杀却，总好多了。倘若当时真有一匹黄骠马，或秦二爷住进去，也许那店家就变得谲诈凶悍也未可知。然而我却感激开在山中的野店主人。

店家拿起另一支竹根烟袋，无精打采仍坐在原来的石凳上，慢慢吃着生烟草。小茨儿懒散散重坐下去;无事可做便觉无聊，他也照样拿起烟袋来吸。他本不会吸烟，还不到两口就呛咳了。这样热天气，静坐已经喘不过气来，吸着烟简直是吞火。他不得已又将烟袋放下。他解下脖项上的毛巾，在胸前、背后、脸上、胁下揩抹，又当作扇子扇风。可是扇起风也充满烟火气。

"好热，好热！"他连连叫着，又转向店家道，"往年都这样吗？"

"不，有一年这条道整整二十多天没人走。你看前面那条岭，"店家指点着，"那叫作蜈蚣岭。说是王母娘娘收下的蜈蚣精，到现在毒气不尽，人到上面去还要头昏。客官你是远路人……上面冬夏都有死人往下抬。年青人还没有什么，上年纪的走不得！此地有句俗话：'爬过蜈蚣岭，喝干条旱井。'① 常走这条道的都知道。"

店家吸完这袋烟，又照例说"客人须知"：

"蜈蚣岭上下三十里，四百八十单八盘。早晚一站路。"

三个人不约相互望一眼。

所说三个人者，小茨儿，退伍军人和我。三个人职业、籍贯概不相同，品貌各异。小茨儿是一个长工，去年被大水冲出来，现在听说水退了，正要赶回家去。退伍军人乃一十年老兵。也各怀心情不同。本来是毫不相关的三人，理应各走各路，像天上繁星一样不该碰头的。可是天下事总是"不巧不成书"罢，只因昨晚同在一家过路店歇脚，清晨自然又一道起程。对于跋涉者，路是可恼的路，脚下尽是三棱尖石；行长脚山中的人，才知道石头的可怕。一个岭套着一个岭，前面仰着，仿佛后面又拥上来，继续两日以后，不由你怀疑未曾前走，且会忧虑到山脉伸展着，永生也不会走出去了。山里空气也有石头味，寂寞压在头上，渐渐加重，只管加重，弄得

---

① 旱井——山中苦水，每就地下凿一类井的土窖，蓄雨水供冬春两季饮用。

旅客苦不可言。惟其单身人，寻人搭伴也愈成为必要了。

退伍军人一脸忧郁气象，却爱开玩笑。小茨儿天性快乐，在这样可怕的路上，仍三步一跳，口中随意唱着他家乡的小曲。其中有一支道是：

月牙弯又弯，

照奴晒衣杆。

等郎，等郎郎不来，

空负好花；好花当夜残。

退伍军人兴致来时，也要接唱"自从小哥你当兵"，溪谷间荡漾着凄清的歌声，行客得以暂时忘怀苦楚，脚下凭空生出不少力气。

大家饮满一肚皮水，浸湿手巾罩在头上，别过店家，小茨儿喷一口水在癞狗身上作为告别礼。店家应例唱道："路上安好。"客官已负行装在太阳下走去。脚步在三尖石上沙拉沙拉响着，是单调的声音。这声音以空寞、虚幻催人想再倒头睡下。

"后晌，明天一早这祸蛋子（的山）就走完了。"小茨儿望着前面，模里模糊的说。他语气异常懒散，一身野性不知哪里去了。

"唱啊，小茨儿。"退伍军人撩起衣角在脸上抹了一把，怂恿着。

小茨儿低下头，望着那些刺眼的三尖石，咳嗽一声唱道："正月里来是新春……"他停下来了，人热得喘不过气来。他摇摇头："我的娘，好热，好热！"

老总想打趣他两句，但一张嘴，就又咽下去。

大家不说话。一步挨一步，一双腿拖着般前进，连要举步的事都要忘了，这条路几时才能走尽，行客是一点也不知道，但觉得永也走不完的样子。虽然只是一个小包裹在背上，驮着嫌费事。倘若包裹能驮人，世界总还像世界：我想，当时三个人都会这样打算。然而行李不单不会载人，反倒像活的怪物，也许是传说中的缠人鬼罢，它伏在肩头只是压着，一阵沉一阵的压着。隔不几分钟就得给它调换位置：转到别一个肩上。若不然，那被压的地方就出满痱子。头上手巾早已干了，汗却旺得很，发气般往外直淌，竟公然流进眼里。小茨儿张张嘴，舌头像一片枯叶，慢些没发出沙沙声。

转一个弯，溪谷尽处就是蜈蚣岭脚下了，却不见一棵树影。退伍军人扔下行李，长喘一口气，就近拣一块大石坐下。

"我肏个娘！好乖乖，好乖乖！"

还没有坐定，又不禁喊着跳起来。他抹着屁股，生怕皮已经贴在石头上。小茨儿只哈哈笑了半声，突然不知被什么噎住了。咳嗽着想吐口沫，好久终归枉然。嘴是干的，像要喷出烟和火来。

"有水吗——近边？"他说。向四处望去，峡谷里什么也没有，除了纵横乱躺从岭巅滚下的崩石。是细草也不生的地带！

这里离刚才歇脚的山店约有三里远近，望上去蜈蚣岭高可摩天，路转折盘旋上去，所谓"四百八十单八"大概即指转折的次数。山虽然上下三十里，却怎样也找不到一株矮树纳凉。三两片残云贴在天心，令人想起天上也是这般荒芜。没有一只鸟敢飞。太阳散布下毒焰，虽然山还顽强，石块会不会化作岩浆呢，谁能知道？耳边一种细微的声音响着，仿佛由千里外传来，不过我疑心是从洪荒时代留下来的，亘古不变要寂寞中才有的骚音。人是这么渺小，被荒荒白光压缩了。纵然是白天，然而世界上还有什么更可怕的东西呢，较之不知何时方始入夜的永昼！

"妈个×，天下有这样地方，它是鬼门关！"老总喘着，他又试着想坐下去。

"怎么办？"

一边是还乡路，一边是山店，小茨儿失了主意。我怂恿道："走哇！"有些像开玩笑。

真的走起来，确不大够味道。现在是要往上走了，弯着腰，还得留神脚下。腿像两条木拐，非但不愿走路，反倒只顾打战。太阳是把大熨斗，单就脸皮烙烫。鼻嘴喷出火来，气味似硫黄烟。汗也渐渐只有很少流出来。

"血！"

小茨儿喘出这个字，大家又在一座山神庙旁停下。果然有一摊血。早干在石洼里的，被太阳曝成黑色。谁也无心过问这血的来因。倘若这时有新鲜的血液，也许会当作清水饮下去的罢。向上望望，是蜿蜒崎岖的路；下面是锁着连山的荒烟，山岭在火焰里浮动。小茨儿绕山神庙转了一个圈子，恨庙门开得太小了，仅能钻进半个头去：里边有狗洞大小，只能供山神夫妇和他们的虎豹，人是无从插足的。小茨儿头摇摇，脸和唇都白了。大家互相交换一次眼神，默然沿原路翻下山去。

店家同情中含有几分嘲笑的欢迎我们。退伍军人先喝下两碗冷水。

"啊呀，鬼不过的蜈蚣岭！"他喊叫着卧倒在石凳上。

原来我们转回身的所在，店家说："嗡，那呀，前儿毁了一个人。"说时脸上泰然，并不以为真的杀掉一条生命的样子。

小茨儿天真的伸出舌头，好久愣着，将满手起的水泡都忘记挑了。

下

纵然是干燥的夏天，山中也弥漫着雾，烟丝般徐徐卷舒，任意扑上头来或投入怀抱。因为打算在闷热之前赶过蜈蚣岭去，起程很早，店家公鸡还只唱过头遍，仿佛在背后向跋涉者道"一路平安"呢。

风很温暖，善意的拂过眉梢，吹去一宵宿闷，大似春天。像怕惊落好梦，起先三个暗影还径自默默走着。大约终觉这样不是事，小茨儿刷了刷嗓子，自唱起来了：

> 两行杨柳一行堤，
> 开运河，就是那隋炀帝。
> 野鹬鸨打它也不去。
> 桃花开在二月底。
> …… ……

歌很长，一层叠一层，待要完时，又涌出新的花样，所以曲中怨女一直到半山哀苦才诉说完了。我曾听过不少歌曲，不管歌里主人公是那一流人物，不管写着快乐或不快乐的心情，却一模一样，是悲哀的，间或也萦结作忧郁。而血气正旺的青年人也就爱唱，可就怪了。一面听小茨儿唱，一面想：同道德，习俗，一国的统治是不是有关系呢？我说不出什么，只愿沉默着，听那曲子自己煞尾。但我相信后代人会有圆满解答的，也许竟然是小茨儿他自己。

"你钓上过几个姑娘，小茨儿？"退伍军人感动的说，"要就是那曲子里的娃娃，一头钻进怀里，你连老婆也敢不要了。"

小茨儿耸了耸肩膀，将下坠的包裹送上去。他低下头温柔的笑着，并不回答退伍军人。他脸上满是稚气，闪着宁馨的光。他像浸在晨光中的小树，肥厚的叶枝上凝聚着露珠，在和悦而璀璨的气象中颤抖，发出醉人的呢喃声。社会摧残着人类的天性，将每个灵魂都压成扁平，很少例外。然而小茨儿尚未被晦气虫蚀，他还是一个孩子，一个英雄，倘然说他是匹小犊，那就更确当些。他是生根在污泥里的，却像一棵大葱的长起来了。世间有不少埋在糖果和奶瓶堆里的少爷，我见过，但我只看见他们被糖果奶瓶埋没；像小茨儿这样的小子——只好这样称呼他了——倒是初次发现，已足够令人惊倒了。他是生活在童话的世界里，起初这样想，然而错了。他是创造着童话世界给我们看！宽阔的路是在他前面展开着，他脑子里一定充满了完好的梦境罢。但愿他不会碰上绝崖。

这时他沉浸在回忆里。

"唉⋯⋯"小茨儿吹口气，话就转弯了，"不会有歹人罢！"

他向下面望着，已经越过那山神庙好远了。他记起昨天店家的话。

"怕什么？想你是大财主吗！"

老总捡一个石子扔下壑去。

"大财主？你说的倒比唱的还好听。"

"那还怕？我看你不是老实家伙，小茨儿。你说你发多大一笔财？”

"多大一笔财呀，小妹妹的，一拢共十块老袁！"

"就那还是一棵烟不舍得吸，省下来的。"

小茨儿不说话了。他踢一块石滚下山去。

"说正经话，你呢？"小茨儿拍着退伍军人的行李。

"都浇在裤裆里了。"

"浇在……"小茨儿不懂。思索一番，他终于大笑了，"哈哈哈……"

老总想起昨天还剩下两支烟——因为留着过这上下二十里的蜈蚣岭，才熬着，没敢消耗了。一个下午都讨店家生烟叶的便宜。他点一支沾在唇上，向左首瞟去：天已经早亮了。

"唱啊，小茨儿。十年不当兵，当兵没营生……"捏紧嗓子先起了个头，据退伍军人说这是"抛玉引砖"。

小茨儿却不唱。他向上望去，山顶萦着雾，映出一片红晕；日脚伸上来了。他反手托着包裹下尾，大喊一声："跑啊，看谁先到顶，爷儿们。"向上冲去了。

晓风将多天来的泥汗身子吹了个利落，丢在背后和等在前面的苦行也忘记了。一个早晨大家都很畅快。到得山顶，清风正急。鸟拣中这一日中最适意的时间，啾啾鸣着飞过山去。原来太阳身披红羽袍，才刚露出半个脸来，在远山后面，在雾霭后面。退伍老副爷打起呼哨，四山回了他声呐喊，那惊怖的声音滑跌下去，好久在豁谷间滚动，就如同有一万匹马沙沙驰过。他痴笑一阵，肩膀一斜，行李溜在地下。他挑战般趋前一步，拍着胸膛叫道："你妈的！"等他得到满意的答复，才同山一起笑了。

“奶奶这怪东西……怪石头！”

他点着头，感动了。

“喂，你们瞧！”

小茨儿孩子气的叫着。顺着他指点的方向望去，两片奇巧云正从太阳上面游过，前面是骑士和他的马，看样子是拼命兼程前进的，下面的荒烟自然是扬起的尘沙了。一只苍赫色的鹰在后边追赶。

那怕已是山行第五天，岭峦还是连绵伸展开去，没有完的样子，不过最后的难关——蜈蚣岭这就过了，下去尽是岗坡及一些并不陡的岭，计算路程，晚上就可以歇脚在平原。大家分散也就在下边站头。

退伍老副爷坐在石板上吸烟，小茨儿向着乡路眺望，未必会想起这小小的散场。

这岭上是一带平埠，却没有一丝土的气息，尽是天然的青石板，草也无从落根。石洼里有宿年的尿泊，酱卤色的水中有谷草节浸着，腥臊在风中飘散。大约是驮子留下的遗迹。因为如此高的山，载重的畜生往往夜深尚赶不下去，即便过宿是常有的事。

“越想越不开窍，你说……赶回去做什么呢？”

退伍军人抬起头，他悒郁的望着我。我明白他的心事。他忧愁，难过，愤恨，他咒诅这世界。他家中有四个孩子，一男三女，长女已经该出嫁了，他却无半亩土地。十年中他回过三次家，每次都丢下一个孩子在女人肚子里，他有这手好本领，然而却是个笨不过的角色。他纳闷时会拿着烟出气，却又无时不在纳闷。他不爱多说话，但愿小茨儿给唱曲子遣闷。只恨烦累太重了，愈是想摆脱，愈牢牢在心头抓住，曲子也无用。现在他以十年的老副爷资格还乡了，还能做什么呢。他的路太窄了！

小茨儿却不然，他漫然吹着口哨，正陶醉在山景里。雾已经慢慢消散，有的坠下谷底去了。远远小屋顶上冒出炊烟，在空中飘摇，卷舒，不见了，新的青色的烟又升上来。小山坡上有白点蠕动，大致是羊了。这一切都渲染着橙色，沐浴在澄澈宁静的大气里。天空有绛色的云滑过。

"叮咚，叮咚，得弄，叮咚……"早行的驮子已经驶上来了。蹄脚橐橐敲着石面，货载在背架上摇摆着，像不稳妥的船只，驮户甩响鞭，手法纯熟，鞭梢一声声爆炸，从不脱空。叼着大烟袋的嘴发出"Liou-Liou"声，大约是御者的口号。异乡人不知详情。但那粗烟管却很耐人寻味，它约有七八寸长短，顶端镶着白铜烟锅，抵得上小酒杯那么大，是件富有原始英雄气味的家伙。大概因为从早到晚走着单调的路罢，烟锅里几乎整天冒起烟的。在橐橐声和叮咚声里，甩响着鞭的汉子裹着白头巾，肩上披着一条粗褡裢，嘴角衔着大旱烟袋，青色的烟在脑后飘散。生烟草香味一直送到过路人的鼻子里，另有一番风趣。自然也只是旁观者觉得，真的驮户是决不会想到这些的。

大家招呼一声，天已不早。是下去的时候了。小茨儿懒懒背起行李，有再少停一刻的意思。其实任谁也会被自然迷上的，哪怕呆子也罢。但一想起到站头的十多里下坡路，终于也不得已走了。

降下溪谷，潦草打过早尖，太阳又开始发脾气了；对于跋涉者是一个大大的威胁。一想起昨天被逼不得不重新转回去的事，三个人都不免有些怕。好在杀人的蜈蚣岭已落在后面，不致再跳出来挡路。然而还是没有即刻就登程的意思；大家仿佛怕着什么，又怀恋着什么。望望前面，正是岔路口。路有两条，一向南，一向左首荒岭，原来这里就分手了。

"走啊。"退伍军人吸着烟，懒懒的说，已经好几次了，都没有应声站起。

一阵风过，柴棚外柳梢发出丝丝的响声。店家母鸡刚下过蛋，不住咯咯叫着，幽谷间，如此寂寞。太阳光默然下照，细草亦似乎预知大难，在轻抖了。

小茨儿嘴边仍浮着笑。他坐在石凳上，扳起脚在剔去趾缝间的灰泥，脚板上也起了几颗大泡。他愣愣望着前面他要经过的岭，那是荒枯的岭，无一丝生息。也许正在想着家罢，他可以不坐火车，不雇牲口，因为他自己就是一匹牲口；一步一步走回去，见着老爹和年轻妻子，身上有十块"花边"，是更够味道些。

没有理由再在这茅店里挨磨下去，大家只有多喝茶。是树叶煮的，涩苦的味道都还以为不错。

天气又犯了昨天的老症候。终于小柳树也不再抖动，它在发昏了。日光越发蛮横起来，连鸡也停止了卖弄，躲起来了。汗也由小珠聚成大珠，由大珠汇成小河，不分头脸胸背一漫滚将下去。柴棚下又闷得来像个小蒸笼。店家也发起誓来，说是自古稀有。退伍军人要一盆冷水洗过，当他刚一坐下，汗又冒出来了，不禁摇摇头。但是路是定死的，迟早总得走，住在这里才不是事。

"小茨儿，"老总呶口说，"你家在哪儿，写下来，过后也兴给你信。"

"信？净赚化钱，写不写有屁用！"大概他还是第一遭听说有外乡人给他信，所以吃一惊。

"也好，那就走罢。"

扛起行李，老总又说，"代我问你家婆娘好哇，别忘了伙计。"他笑着，很是苦涩。

"你小伙子也都长大了。"

"我们也就各走各了。你一个人，路上要小心。"已经在路上，老总又喊住小茨儿，"唱一个，到我们听不见，完。"

脚下三尖石又涩拉涩拉着。空气热得像沸汤，塞在胸间难以吐喘。虽然都已走了好远，仍不断互相窥望，小茨儿唱道："月牙弯又弯……"

突然，我看见老总眼里噙着泪。

选自《谷》

文化生活出版社 1936 年 5 月初版

作家的话 《》

总之，我的小说——特别是短篇小说有点像散文，散文又有点类似短篇小说，它们是"四不像"。

《我的创作道路》

我认为一个作家的任务，不在追随流派，而在反映他所熟悉的社会和人。唯其这样，才能称为创作。

我的风格变化大多是受中国古代著作的启发。

我是个很笨的人，我所以从事写作，是靠毅力，不靠才智。靠才智我不能也不配成为作家。譬如读一篇作品，我便自思我熟悉的有无这种人物，若有，自己便不写，因为文学作品是创作，别人写过，自己再写，便不成其为创作了。

1988 年 1 月 26 日致杨义

评论家的话 ◈

　　像许多青年作家，芦焚先生是生在穷乡僻壤而流落到大城市里过写作生活的。在现代中国，这一转变就无异于陡然从中世纪跌落到现世纪，从原始社会搬到繁复纷扰的"文明"社会。他在二三十年中在这两种天悬地隔的世界里做过居民。虽然现在算是在大城市里落了籍，他究竟是"外来人"，在他所丢开的穷乡僻壤里他才真正是"土著户"。他陡然插足在这光彩炫目、喧聒震耳的新世界里，不免觉得局促不安；回头看他所丢开的充满着忧喜记忆的旧世界，不能无留恋，因为它具有牧歌风味的幽闲，同时也不能无憎恨，因为它流播着封建式的罪孽。他也许还是一位青年，但是像那位饱经风霜的"过岭"者，心头似已压着忧患余生的沉重的担负。我们不敢说他已失望，可是他也并不像怀着怎样希望。他骨子里是一位极认真的人，认真到倔强和笨拙的地步。他的理想敌不过冷酷无情的事实，于是他的同情转为愤恨与讽刺。他并不是一位善于讽刺者，他离不开那股乡下人的老实本分。

　　一泻直下，流利轻便，这不是芦焚先生的当行本色。他爱描写风景人物甚于爱说故事。在写短篇小说时他仍不免没有脱除写游记和描写类散文的积习。有时这固然是必需的，离开四周景物的描写，我们不能想象有什么方法可以烘托出《过岭记》或《落日光》里的空气和情调。

孟实：《〈谷〉和〈落日光〉》

师陀常常沉浸在回忆中，沉浸在凭吊"过去"的感情氛围里。他在作品中抒写的人生体验，很容易得到读者的共鸣。读者会和作者一起，回顾永不返复的岁月，重温依稀仿佛的往事，寻找那寒冷飘零的人生旅途上明亮的翦片。读者会和作者一起，感念宇宙的无穷和人生的有限，心中被搅起潜在的忧思和哀愁。

　　他不是一个有志于展现时代画卷的大作家，而是一个艺术个性很鲜明的作家。他的作品，有独特的题材领域、独特的描写内容、独特的观察角度、独特的艺术情趣，形成了独特而强烈的美感。

刘呐：《师陀创作的艺术个性》

沙 汀
兽 道 ◈

　　沙汀，原名杨朝熙，又名杨子青、杨只青，笔名尹光。1904 年出生，四川安县人。1922 年进四川省立第一师范学校学习。1929 年流亡上海。1931 年开始文学创作。1932 年与艾芜一起向鲁迅请教小说题材问题，得到热情指点。同年参加中国左翼作家联盟。1937 年回安县，后到成都。1938 年赴延安，任鲁迅艺术学院文学系代主任。1940 年回到重庆工作。皖南事变后奉命隐蔽家乡山区，从事创作，写于 1940 年的短篇小说《在其香居茶馆里》和 1941 年的长篇小说《淘金记》，具有较高的艺术水平。1949 年后历任四川省文联主席、中国社科院文学研究所所长等职。工作之余，仍坚持创作。1992 年病故于成都。出版有《沙汀文集》。

是一个风雨夹杂的秋天，因为时局吃紧，我给姑父纪显模叫进城住下了。市面上的情形确也不大对劲，随处都可以看见头戴熨斗帽子的丘八，以及各种穿着便服的袍哥土匪队伍。而在士绅、地主方面，自从红军进入涪江流域的消息证实以后，名气大一点的，如像毛金牛之类乡绅，早走掉了，没有走的也都架起要走的势子，养着大批夫役，穿了衣服睡觉，恰像给吓慌了的兔子一样。总之，一切都乱糟糟的，真像翻天覆地的变动就快要临头了。

　　我的姑父是一个廪生，在女学校教国文，声望还好，他随常一个人关在书房里很响地打着喷嚏。家里人口简单，只有姑母和他自己；此外就是一个半老的女仆，叫魏老婆子。我在城里前后住了三个多月，结果红军并没有来，而那些口口声声诬蔑红军一来就会共产共妻的各式各样部队，倒确确实实给人们制造了些不可磨灭的惊心动魄的变动。

　　单说我们贴身的几个人吧。姑父的头发白了大半，就是打起喷嚏来也没有从前响了；长期为支气管炎所苦的姑母更加衰弱下去，一提到她损失掉的碗盏、被盖便要哭诉一遍，直到咳喘起来才会住嘴。至于魏老婆子，那个可怜的女仆，后来竟发狂了；她成天在街上游荡着，赤裸了下身，使得我们那劫后的城市更加荒凉起来。

　　魏老婆子原来自然是好好的。在我进城那天，也还有说有笑，和平日差不多。比起那些时刻都在准备逃命的人来，她倒反而显得十分平静，好像那一切的谣言、恐慌，独独对于她毫无关系。她在姑父家里佣工，已经有十年之久了。

魏老婆子身体矮小，有人叫她作朝天椒，实际上她的性情却极和善，还带点孩子气。虽然她是多话的，碰着喝了酒总要没头没脑地哭骂，以为有谁对她存着恶意，时常想陷害她。但她终于活出来了，靠着自己一双手把儿子养大了，而且还讨了媳妇。早寡的生活，大约曾经使她遭受过比一般穷人更多的苦难。她是本地人，一向在西门城墙边的破巷子里住家。她的丈夫干过打更匠的职务。

魏老婆子的媳妇是庄稼人家庭出身，吃苦耐劳。她的儿子在当脚夫，经常帮城里一些小商人去省城买办杂货；有时也自己做点生意，担了盐巴上小河一带去卖，从那里贩些药材回来。在那些动荡的日子里，因为路上不易通行，她的儿子魏大，给在成都阻留住了。媳妇呢，又恰恰不久才生了小孩。因此，为了产妇母子的方便、安全，魏老婆子向姑母求得通融，每天夜间歇在自己家里照料。但在我进城的第一夜，我还以为她的回去，是为着便于逃难呢。

所以当我问起她的时候，老婆子十分得意似的笑了。

"啊哟，"她惊叫道，"我们怕什么哇！吃的在肚里，穿的在身上。"

她把那真正的原因告诉了我，随后又添说道：

"一个脾气大，一个不懂事，如果有了一差二误，该把我这个老婆子骂死了哩！"

她很高兴地噘一噘她那打皱的小嘴，于是照燃"亮油壶子"，走向人马杂沓的街上去了。我跟她出去帮姑父拴了大门。次晨，她来得很早，以后几天也少有赶不上烧早饭的时候。她工作起来比较以前爽快，似乎她不是在工作，倒是在玩着一种什么游戏一样。可是同时，她的嘴巴也比以前更啰唆了。而话题呢，又老是离不开她的孙儿，她的媳妇。

"现在的年青人顶啥事啦！"她用力刷着灶头说，"奶娃的屁股快给尿水捂烂了！"

"你就咬着一句话尽说么！"姑母有时阻止她说下去。

"怎么尽说？"老婆子带点惊怪地回嘴道，"你去看一看吧，硬懒得烧蛇吃哩！常言说，人穷水不穷，多洗一块尿布会犯天煞？"

间或她也告诉我们一些外面听来的消息，如像江麻子的媳妇被兵们蹂躏了，陈三老爷在石梯子遭了抢劫，诸如此类。但是一天早上，就连多病的姑母都起床了，我们却还没有看见魏老婆子的影子。本来，如果是在平日，姑母自己原也可以勉强弄好一顿饭的，但是，因为一连熬了几天的夜，她的精神更加差了。并且家里还养着五六名夫役，要动大锅大灶，她的身体更吃不消。所以等了一会以后，大家都不免着急了。

姑父终于生气了，他嚷叫道：

"看你把这些不识抬举的东西将就得好吧！"

"你就是吵，"姑母不平地叫唤道，"叫人去看一看呀！"

然而，姑父自己是不高兴出门的，又不好轻易让那些夫役在街上露面，恐怕军队拉夫，或者给别的人家用更多的钱钞运动去；虽然他们当中有一半人知道魏老婆子的住处。于是，经过一番期待、忍耐，套上壮丁队的臂章，我被分派出去找魏老婆子去了。

大门口喂养着的军马，已经牵到城外放牧去了。街道上散乱着屎尿和谷草。长顺号的檐灯还在燃着，惨淡得好像鬼火一样。城门只打开半扇，一边城门角落里燃着柴堆，有几个兵士正围着它在尽情享受。我没有发现魏老婆子，她的破门给谁倒扣着了。

我叫喊了几声，并且用拳头擂着门板。好一会，才从隔壁门首探出一个戴着金黄色毡窝的头来，叽咕道：

"你再擂起些吧，别人家里昨晚上天都闹红了哩！……"

这是一个独眼龙老头子，满脸堆着粗大的皱纹，他很仔细地望了我一回，于是擤一擤鼻涕，然后磨擦着手掌，懒拖拖地告诉我说：魏老婆子的媳妇在天亮时上吊死了！说是魏老婆子本人正在衙门口"喊冤"，决心告发那一群轮奸一个产妇的大兵。这是件骇人听闻的事，我摸着后脑勺子大吃一惊，赶紧跑回姑父家里去了。

我在姑父堂屋门边辨认出那个神态狼狈的女仆。她看来好像比原先更矮小了，满脸泪水，怀里抱着她的孙儿。她很悲伤地站在阶沿脚下，姑父姑母和夫役们四面围绕着她。她正在向他们叙述事件的经过。夹着哭声，有时又顿着脚咒骂几句。她的发髻已经散巴巴地落在背心上了。

当她埋下头去安抚那个在她怀里尖声哭叫着的婴儿时，姑母突然拉长了脸，插嘴道：

"你也是哼，你该给他们说，她在月子里呀!"

"我还要怎样说呀！"老婆子叫喊了，好像受了极大的冤屈似的，"我说，'她身上不干净，她才生了娃儿，'我说，'我跟你们来哩!'……"

姑母惊叫了一声，老婆子于是突然感到失口似的不响了；但她随即又哭骂道：

"这些塞炮眼的呀! ……"

然而，好像一下子失掉了记忆似的，她并没有照习惯一连串骂下去；她哭泣起来了。

她哭得很长久，十分伤心，使我一时不相信这站在我们面前的就是那个性情开朗的老太婆。但一想到"我跟你们来哩"这句话，以及她说这句话时流露出来的极为痛苦复杂的心情，我立刻又相信了，并且还为她那绝望的眼泪感到难受。我们默默地望着她，谁也找不到一句适当的安慰话来。

　　姑父深深地叹息了，大发感慨：

　　"这样伤天害理的事情都有，这叫啥世道啊！……"

　　姑父不赞成她去喊冤，但是老婆子不肯甘心。结果证明姑父的判断是正确的，政府始终不肯接受她的状纸，他们仅仅命令保长向施材局帮她讨了一副棺材，并且还用一篇大道理开通她，叫她不要随便制造谣言来败坏风俗。她隔了三天才来上工。她的孙儿寄养到别人家里去了。

　　可是魏老婆子并没有就此忘掉了她的侮辱，她的损害。虽然她的腰背好像比从前弯曲了，她的眼光显得慌耗，看人时好像直对着强烈的阳光一样。但是她的嘴巴还是很啰嗦的，而且和以前一样硬朗。她一有空闲就要咒骂一通，从军队一直咒骂到县大老爷。

　　然而末了，她却又往往会突地颓唐下来，淌着眼泪哭道：

　　"这些砍脑壳的叫我怎么样报账哟！……"

　　魏老婆子最担心的是她的儿子和亲家母，她不知道将来她该怎样对付他们。一天晌午，姑父正在堂屋里怄气，他的谷仓被县政府查封了，准备拨给一支土匪队伍。几个夫役坐在阶沿上晒太阳。那个肥大的麻脸脚夫，一面吹着烟筒，一面在讲故事：在缯子场，一个少女被丘八们拖在苕田里糟蹋了，于是半个月后，那少女竟自养了三个娃儿。只有两寸多长，一个红的，一个黑的，一个白的，头上都戴着熨斗帽……

我正很上劲地倾听着那种乡下人充满复仇思想的怪诞传说，忽然，一个脚胫上缠着绿布裹腿的半老女人，打从耳门边进来了。体格高大，身后跟着三个缩头缩脑的同伴。魏老婆子拖着湿漉漉的两手站立起来。她已经看见她们，吃了一惊，立刻停止了浆洗衣服。

"亲家母好呀！"魏老婆子胆怯地首先打着招呼。

但是，那一个走过去揪住她就朝大门外拖，嚷叫道：

"走！我们不要在别人家里吵！"

"大家有话好好说呀！"夫役中有人站起来劝解。

"我们没有说的！"绿布裹腿叫道，"就是把人给我煮起吃了，也该还我一根骨头！"

"吓，亲家母，你怎么耍横呵！"魏老婆子说，显然有点生气。

"你还有脸骂我耍横吗？你个恶鸡婆！……"

魏老婆子吃了那亲家母一巴掌，她们互相揪打起来了；但那可怜的女用人很少还击，她只能用手肘去掩护她的头部。跟那亲家母同来的三个乡下妇女在敷敷衍衍劝解，没有参加进去，大约已经认清了这不过是一种多余而招非议的举动。她们哭闹了半顿饭时间才被姑父赶了出去。然而，一出大门，那种气急败坏的瞎打瞎骂又开始了。

那时候，聚集起来的闲人已经多了，他们认真地鉴赏着，有的还拍着手掌来表示自己的满意。随后人们又纷纷赞成她们去吃讲茶。我没有挤进茶堂里去，我站立在人堆外面。她们争扯了很久这才说到本题，虽然魏老婆子的解说不时遭遇到那亲家母顽固的打岔。

她现在正在描绘那几个大兵的蛮相，绿裹腿忽地向她扑过去了，哭号道：

"那你怎么不向他们说呀！你的嘴巴是屁股吗?!"

"我什么好话没有说呀！"魏老婆子不平地号叫了，因为冤屈而瞪着眼睛，"我说，'她身上不干净！'我说，'我跟你们来哩！'……"

这时观众中突地掀起一阵惊呼，我转身跑回姑父家里去了。姑父在门口问起我讲理的情形，我只摇了摇手，便一直走进房间里去。魏老婆子挨黑时才回来，她的衣领给扯破了，额头上带着几搭伤痕。她默默地走向灶门前去，也不张理我们的询问。她弯着腰杆，看来好像一团影子一样。

自从这一天起，我们很少听见她那种泼辣的咒骂了，仅仅有时红着眼圈子咕哝几句。

"倒活出怪来了呢！我的男人都没有打过我……"

能够使她感到安慰的似乎只有她的孙儿。她一有空闲便要跑出去看他，但她回来时却总哭丧着脸。有时闷声不响，有时一面走过通到灶房去的阶沿，一面微微摊开两手，没头没脑地哽咽道："这就是没有娘的娃儿呀！"那孙儿的情况似乎非常叫她担心。

她有一次径自走到姑母面前，诉苦道：

"简直瘦得来只剩一张皮了！"

"那你另自换一个人养哩？"姑母劝告她说。

"这样兵荒马乱的，你说得好容易呵！"

那个小小的生命不久就完结了。在他生病的几天中，魏老婆子几乎没有一刻安静，她一弄好饭食就匆匆忙忙地跑出去，而对于我们关于病况的询问呢，照例是含着眼泪摆手。

那孙儿死在一天早上。这消息立刻把她打击昏了，她呆呆地从灶门口站起来，颤声道：

"这拿来怎么做呵。……"

她说这话时脸上毫无表情，好像在说梦话一样。但她随即哭出声来，而且仿佛发了狂的那样，满头柴灰地跑去看那孙子去了，好像她能够从死亡里把他抢救出来。

然而，命运并不就此满足，当她下午回来的时候，它更把一点小小的意外，给她添搭上了。原来恰好姑父对门住着一个连长太太，身体肥大，头发是截短了的，随常一个人叉开腿坐在门槛上"看街"，嘴里不停嗑着瓜子。她一看见魏老婆子走过，总要设法娱乐一下自己。

她是这样恶毒，竟然支使她的小儿子两手撩开裤裆，缠着魏老婆子奔跑，不住地嚷叫道：

"吓，我跟你来哔！……"

魏老婆子平常总是勾着头走过的，不敢沾惹，这一天，她突地忍不住了。

"这个褡裢子装的短命鬼呵！……"

她哭骂着，反身追奔上去；但那小孩子十分灵活地溜上了阶沿。而在同时，那个护短的母亲赶过来了，她逼视着魏老婆子大肆咆哮：

"你是个什么东西？个老子！你敢骂他？"

"我每回走过，他都讲我的怪话……"

"他讲你什么怪话？"

老婆子嗫嚅着，没有回答出来；兵太太阴险地暗笑了，而且赶紧追问一句：

"你快告诉我呀！他究竟讲你什么怪话？"

"这些天杀的没有好昌盛呀！——你们欺负我吧！……"

魏老婆子忽然尽情地哭嚷出来；但是她的发髻，却立刻就被兵太太揪住了，随即一连狠狠地吃了几个耳光。……

这天以后，老婆子变得畏缩而沉默了。她随常做错事情，而姑母才一责骂，她便又立刻赌哑气，一个人坐在角落里哭泣。姑父几次吵着要开销她，直到她的儿子跑来把她接了回去。这时候市面上已经平静，因为所有的各色各样部队，早开到别的地区堵"剿"去了。

时间是一天下午，天在落雨。我们大家都在堂屋里清检什物，看有些什么东西掉了，急于要用的，应该从扎好的包裹里检取出来。随地都摆满着箩筐、包袱，堂屋里零乱得好像轮船码头。姑母不时摇头叹气，间或又咒骂几句，因为许多没有料到的损失，都被她陆续发觉出来了，越来越加感觉不平。

她一面翻腾着一个沾满尘土的包袱，一面叽叽咕咕抱怨：

"认真是给'共'了我还想得过些！"

"怎么站着就不动了哟！"姑父责骂着魏老婆子，"你再到夹墙里去找一下呀！"

于是那个可怜的女仆怔了怔，向着堂屋门口走去。她的头上顶着一块蓝布帕子，脸上蒙着灰尘，看来好像一个叫化婆子一样。她行动迂缓，才一跨出门槛，却又忽地停下来了；她的儿子魏大出现在阶沿上。我们大家都吃了一惊，立刻情不自禁地静悄悄停止清检东西。

那个粗大的脚夫走近堂屋门口来了，他闷声闷气地说道：

"走呀！我们回去。"他并不看谁，也不摘下他的斗笠。

魏老婆子忽然用围裙遮了脸，哽咽起来。

"你不要气我，"她脱声脱气地说，"我就只有两只眼睛在转了。"

"我气你做什么呀！"魏大回答，也脱声脱气地。

"魏大哩！"姑母怜惜地劝解道，"事情都过去了，哪个又消愿得么？不是我说的话，为了养活你们，你妈也苦过一节呵。……"

魏大没有回答，仅只古怪地笑了笑。

"别人家里有忌讳哇！"隔了一会，魏大最后生气似的说了，"要哭，回自己家里去哭吧。你看我都不伤心哩。快去收拾东西呀！……"

在一种迫人的静肃里，老婆子呜呜咽咽地走进厨房隔壁的小屋子里去了。我们大家觉得十分拘束，好像进了天主教堂一样。魏大转过脸去对了天井。雨还在淅淅沥沥地挥洒着，天空异常低暗。姑父的脸孔忽然皱缩起来；但是他的喷嚏没打成功，完全地失败了。

那个可怜的女仆好一会才出来，腋下挟着一个臃肿不堪的包袱。她也不告辞，连头都不回转一下，便勾着脑袋走出去了。魏大紧紧跟在她的身后。我想问她需不需要雨具，但是我没有说出来，好像喉头有什么东西哽住。我们大家都望着细密的雨脚叹息了。……

隔了两天，我便离开了姑父家里。等我正月间进城时，魏老婆子已经发狂了好久了。我一天在西街上碰见她。她穿着一件大镶大滚的衣服，下身是赤裸了的，披散着头发。街上十分冷落，几个站在门口看街的女人，老远就焦眉皱眼，随即退进门槛内面去了。

魏老婆子正摇摇摆摆地游荡过来，一只手拿着她的裤子，一只手舞着一根破竹篙。她走不上十多步，便又忽然地停下来了，闪着梦幻一般的奇异眼光四下张望。

而末了，她拿竹篙敲击着街道上的铺石，一面拖长了声调叫道：

"嗨！给你们说她身上不干净！——我跟你们来呀！……"

我当时呆了一下，赶紧埋着头跑开了，为的不要让自己狂叫出来。

1936 年 5 月

选自《沙汀短篇·第一卷》

四川人民出版社 1982 年 7 月初版

作家的话 ◈

我小的时候，生长的环境，是在广阔的成都平原里，不像北方的村落，几十几百家人住在一道，而是分散居住。常是单独一家人，有围墙篱落形成一家。我是家中唯一的最大的小孩，没有玩耍的同年龄的游伴。一个人在门前，只有看蓝天白云，小桥流水，野花垂柳，养成爱好自然风景的兴趣。

我喜欢莎士比亚的作品，它有变化莫测的情节，又使人物富有突出的个性。我喜欢托尔斯泰的作品，他写人物的心理变化，合情合理，于平凡中产生异彩。总之，我爱在别人的作品中，找寻一件东西：就是如何把现实的生活，表达出动人的诗意。

1987 年 2 月 14 日致杨义

评论家的话 ◈

在沙汀描写家乡生活的第一批作品中，《兽道》是很引人注目的一篇。它用第一人称讲述女佣魏老婆子的悲惨遭遇，做小贩的儿子被战乱滞阻异地，坐月子的媳妇被乱兵轮奸后上吊，小孙子染病天折，街上的闲人还拿她对乱兵的哀告取笑——于是她疯了，赤裸着下身在街上游荡。小说的格式布局都有点像《祝福》，作者对叙述语气的控制却不如鲁迅那样自如。《祝福》从头到尾充盈着一种越来越浓烈的悲愤情味，沙汀在开始描写的时候，却显然决心要保持平静。尽管命运对魏老婆子比对祥林嫂更加残酷，沙汀一直不动声色。但到小说结尾，他却有点控制不住了：目睹魏老婆子的疯态，"我当时呆了一下，赶紧埋着头跑开了，为的不要让自己狂叫出来"。

平静的叙述语气和惊心动魄的内容形成如此触目的对比，自然会对读者造成强烈的冲击。可能正因为这样，抗战以后有人指责沙汀是"客观主义"。这自然是一种误解，在文学王国里不可能做到真正的客观，每个作家只能从自己站脚的地方观察世界，他的感受就必然渗透强烈的主观色彩。他其实也无法把自己完全隐蔽起来，他写下的每一个句子都泄露出他的存在。

王晓明：《沙汀艾芜的小说世界》

夏 衍
包 身 工

　　夏衍，本名沈乃熙，字端先，笔名丁谦平、蔡叔声、黄子布、孙光瑞等。1900年生于浙江杭州。1920年赴日本明治专门学校学习电机工程，早年参加过国民党左派的政治活动。1927年回国后，加入中国共产党，先后担任中国左翼作家联盟执行委员和左翼戏剧家联盟主要负责人。他的报告文学《包身工》，产生过很大的社会影响。抗战期间在香港、桂林等地主编《救亡日报》和从事文化界的抗日工作。20世纪三四十年代创作了《上海屋檐下》《法西斯细菌》《芳草天涯》等话剧和大量的电影剧本，风格淡雅清丽，有书卷气。1949年后担任过文化部副部长、第四届中国文联副主席等职，并写作电影剧本多种。"文化大革命"期间被定为三十年代主要"黑线人物"，遭受残酷迫害，一度入狱。"文革"后获平反，对文艺界的思想解放运动产生过重要影响。1995年病逝于北京。

已经是旧历四月中旬了，上午四点一刻，晓星才从慢慢地推移着的淡云里消去，蜂房般的格子铺里的人们已经在蠕动了。

　　"拆铺啦！起来。"

　　穿着一身和时节不相称的拷绸衫裤的男子，像生气似的叫喊。

　　"芦柴棒！去烧火，妈的，还躺着，猪猡！"

　　七尺阔、十二尺深的工房楼下，横七竖八地躺满了十六七个"猪猡"。跟着这种有威势的喊声，在充满了汗臭、粪臭和湿气的空气里，她们很快地就像被搅动了的蜂窝一般地骚动起来。打伸欠，叹气，叫喊，找衣服，穿错了别人的鞋子，胡乱地踏在别人身上，在离开别人头部不到一尺的马桶上很响地小便。成人期女孩所共有的害羞的感觉，在这些被叫作"猪猡"的人们中间似乎已经很钝感了。半裸体的起来开门，拎着裤子争夺马桶，将身体稍稍背转一下就会公然地在男人面前换衣服。

　　那男人虎虎地向起身得慢一点的女人们身上踢了几脚，回转身来站在不满二尺阔的楼梯上，向楼上的另一群人呼喊。

　　"揍你的！再不起来？懒虫！等太阳上山吗？"

　　蓬头，赤脚，一边扣着纽扣，几个睡眼惺忪的"懒虫"从楼上冲下来了，自来水龙头边挤满了人，用手捧些水来浇在脸上；"芦柴棒"着急地要将大锅子里的稀饭烧滚，但是倒冒出来的青烟引起了她一阵猛烈的咳嗽。十五六岁，除出老板之外大概很少有人知道她的姓名，手脚瘦得像芦棒梗一样，于是大家就拿芦柴棒当作了她的名字。

这是杨树浦福临路东洋纱厂的工房。长方形的，用红砖墙严密地封锁着的工房区域，被一条水门汀的弄堂马路划成狭长的两块。像鸽子笼一般的分割得很均匀。每边八排，每排五户，一共是八十户一楼一底的房屋。每间工房的楼上楼下，平均住宿着三十三个被老板们所指骂的"懒虫"和"猪猡"，所以，除出"带工"老板、老板娘、他们的家族亲戚，和那穿拷皮衣服的同一职务的打杂、请愿警……之外，这工房区域的墙圈里还住着二千个左右穿着破烂衣服而专替别人制造衣料的"猪猡"。

但是，她们正式的名称却是"包身工"。她们的身体，已经以一种奇妙的方式，包给了叫作"带工"的老板。每年——特别是水灾旱灾的时候，这些在东洋厂里有"脚路"的带工，就亲身或者派人到他们家乡或者灾荒区域，用他们多年熟练了的、可以将一根稻草讲成金条的嘴巴，去游说那些无力"饲养"可又不忍让他们儿女饿死的同乡。

"还用说，住的是洋式的公司房子，吃的是鱼肉荤腥，一个月休息两天，咱们带着到马路上去玩玩。嘿，几十层楼的高房子，两层楼的汽车，各种各样好看好玩的外国东西，老乡！人生一世，你也得去见识一下啊。

"做满三年，以后赚的钱就归你啦，块把钱一天的工钱，嘿，别人跟我叩了头也不替她写进去！咱们是同乡，有交情。

"交给我带去，有什么三差二错，我还能回家乡吗?"

这样说着，咬着草根树皮的女孩子可不必说，就是她们的父母也会怨悔自己没有跟去享福的福分了。于是，在预备好了的"包身契"上画上一个十字，包身费一般是大洋二十元，期限三年，三年之内，由带工的供给住食、介绍工作，赚钱归带工者收用，生死疾病，一听天命，先付包洋十元，人银两讫，"恐后无凭，立此包身契据是实"！

福临路工房的二千左右的包身工，隶属在五十个以上的带工头手下，她们是顺从地替"带工"赚钱的"机器"，所以每个"带工"所带包工的人数，也就表示了他们的手面和财产。少一点的三十五十，多一点的带到一百五十个以上。手面宽的"带工"不仅可以放债、买田、起屋，还能兼营茶楼、浴室、理发铺一类的买卖。

东洋厂家将这些红砖墙围着的工房以每月五元的代价租给"带工"，"带工"就在这鸽子笼一般的"洋式"楼房里装进三十几部没有固定车脚的活动机器。这种工房没有普通弄堂房子一般的"前门"，它们的前门恰和普通房子的后门一样。每扇前门槛上，一律钉着一块三寸长的木牌，上面用东洋笔法的汉字写着："陈永田泰州""许富达维扬"等带工头的籍贯和名字。门上，大大小小地贴着褪了色的红纸春联，中间，大都是红纸剪的元宝、如意、八卦，或者木版印的"姜太公在此，百无禁忌"的图像。春联的文字，大都是"积德前程远，存仁后步宽"之类。这些春联贴在这种地方，好像是在对别人骄傲，又像是在对自己讽刺。

四点半之后，当没有影子和线条的晨光胆怯地显现出来的时候，水门汀路上和弄堂里，已被这些赤脚的乡下姑娘挤满了。凉爽而带有一点湿气的朝风，大约就是这些生活在死水一般的空气里的人们仅有的天惠。她们嘈杂起来，有的在公共自来水龙头边舀水，有的用断了齿的木梳梳掉执拗地粘在她们头发上的棉絮。陆续地、两个一组两个一组地用扁担抬着平满的马桶，吆喝着从人们身边擦过。

带工"老板"或者打杂的拿着一叠叠的"打印子簿子"，懒散地站在正门出口——好像火车站轧票处一般的木栅子前面。楼下的那些席子、破被之类收拾掉之后，晚上倒挂在墙壁上的两张板桌放下来了。十几只碗，一把竹筷，胡乱地放在桌上，轮值烧稀饭的就将一洋铅桶糨糊一般的薄粥放在板桌的中央。她们的定食是两粥一饭，早晚吃粥，中午干饭。中午的饭和晚上的粥，由老板差人给她们送进工厂里去。粥，它的成分可并不和一般通用的意义一样。里面是较少的籼米、锅焦、碎米，和较多的乡下人用来喂猪的豆腐的渣粕！粥菜，这是不可能的事了，有几个"慈祥"的老板到小菜场去收集一些莴苣菜的叶瓣，用盐卤渍一渍，这就是她们难得的佳肴。

只有两条板凳，——其实，即使有更多的板凳，这屋子里面也没有同时容纳三十个人吃粥的地位，她们一窝蜂地抢一般地各人盛了一碗，歪着头用舌头舐着淋漓在碗边外的粥汁，就四散地蹲伏或者站立在路上和门口。添粥的机会，除出特殊的日子——譬如老板、老板娘的生日，或者发工钱的日子之外，通常是很难有的。轮着揩地板、倒马桶的日子，也有连一碗也轮不到的时候。洋铅桶空了，轮不到盛第一碗的人们还捧着一只空碗，于是老板娘拿起铅桶，到锅子里去刮下一些锅焦、残粥，再到自来水龙头边去冲上一些冷水，用她那双方才在梳头的油手搅拌一下，气烘烘地放在这些廉价的、不需要更多"维持费"的"机器"们的前面。

"死懒！躺着死不起来，活该！"

十一年前内外棉的顾正红事件，尤其是五年前的"一·二八"战争之后，东洋厂家对于这种特殊的廉价"机器"的需要突然增加起来。据说，这是一种极合经营原则和经济原理的方法。有括弧的机器，终究还是血肉构成的人类。所以当他们忍耐到超过了最大限度的时候，他们往往会很自然地想起一种久已遗忘了的人类所该有的力量。有时候，愚蠢的"奴隶"会体会到一束箭折不断的理论，再消极一点他们也还可以拼着饿死不干。此外，产业工人的"流动性"，这是近代工业经营最嫌恶的条件，但是，他们是决不肯追寻造成"流动性"的根源的。一个有殖民地人事经验的自称是"温情主义者"的日本人在一本著作的序文上说："在这次争议（五卅）中，警察力没有任何的威权。在民众的结合力前面，什么权力都是不中用了！"可是，结论呢？用温情主义吗？不，不！他们所采用的，只是用廉价而没有"结合力"的"包身工"来代替"外头工人"（普通的自由劳动者）的方法。

第一，包身工的身体是属于带工的老板的，所以她们根本就没有"做"或者"不做"的自由。她们每天的工资就是老板的利润，所以即使在生病的时候，老板也会很可靠地替厂家服务，用拳头、棍子，或者冷水来强制他们去做工。就拿上面讲到过的芦柴棒来做个例吧（其实，这样的事例是每个包身工都有遭遇的机会），有一次在一个很冷的清晨，芦柴棒害了急性的重伤风而躺在床上了。她们躺的地方，到了一定的时间是非让出来做吃粥的地方不可的，可是在那一天，芦柴棒可真的不能挣起来了，她很见机地将身体慢慢地移到屋子的角上，缩作一团，尽可能地不占屋子的地位。可是，在这种工房里生病躺着休养的例子，是不能任你开的。很快的一个打杂的走过来了。干这种职务的人，大半是带工头的亲戚，或者在"地方上"有一点势力的"白相人"，所以在这种地方他们差不多有生杀自由的权力。芦柴棒的喉咙早已哑了，用手做着手势，表示身体没力，请求他的怜悯。

"假病！老子给你医！"

一手抓住了头发，狠命地举起往地上一摔，芦柴棒手脚着地，打杂的跟上去就是一脚，踢在她的腿上，照例，第二第三脚是不会少的，可是打杂的很快地就停止了。后来据说，那是因为芦柴棒露骨地突出的腿骨，碰痛了他的足趾！打杂的恼了，顺手夺过一盆另一个包身工正在揩桌子的冷水，迎头泼在芦柴棒的头上。这是冬天，外面在刮寒风。芦柴棒遭了这意外的一泼，反射地跳起来，于是在门口擦牙的老板娘笑了：

"瞧！还不是假病！好好的会爬起来，一盆冷水就医好了。"

这只是常有的例子的一个。

第二，包身工都是新从乡下出来，而且她们大半都是老板的乡邻，这一点，在"管理"上是极有利的条件。厂家除去在工房周围造一条围墙，门房里置一个请愿警，和门外钉一块"工房重地，闲人莫人"的木牌，使这些"乡下小姑娘"和别的世界隔绝之外，将管理权完全交给了带工的老板。这样，早晨五点钟由打杂的或者老板自己送进工厂，晚上六点钟接领回来，她们就永没有和"外头人"接触的机会。所以，包身工是一种"罐装的劳动力"，可以"安全地"保藏，自由地取用，绝没有因为和空气接触而起变化的危险。

第三，那当然是工价的低廉。包身工由"带工"带进厂里，于是她们的集合名词又变了，在厂方，她们叫作"试验工"或者"养成工"。试验工的期间表示了厂家在试验你有没有工作的能力，养成工的期间那就表示了准备将一个"生手"养成为一个"熟手"。最初的工钱是每天十二小时，大洋一角乃至一角五分，最初的工作范围是不需要任何技术的扫地、开花衣、扛原棉、松花衣之类，几个礼拜之后就调到钢丝车间、条子间、粗纱间去工作。在这种工厂所有者的本国，拆包间、弹花间、钢丝车间的工作，通例是男工做的，可是在上海，他们就不必顾虑到"社会的纠缠"和"官厅的监督"，就将这种不是女性所能担任的工作，加到工资不及男工三分之一的包身工们身上去了。

五点钟，第一回声很有劲地叫了。红砖罐头的盖子——那扇铁门一推开，就像放鸡鸭一般地无秩序地冲出一大群没锁链的奴隶。每人手里拿一本打印子的簿子，不很讲话，即使讲话也没有什么生气。一出门，这人的河流就分开了，第一厂的朝东，二、三、五、六厂的朝西。走不到一百步，她们就和另一种河流——同在东洋厂家工作的"外头工人"们汇在一起。但是，住在这地域附近的人，对这河流里面的不同的成分是很容易看得出的。外头人的衣服多少的整洁一点，有人穿着旗袍，黄色或者淡蓝的橡皮鞋子，十七八岁的小姑娘们有时爱搽一点粉，甚至也有人烫过头发。包身工，就没有这种福气了，她们没有例外地穿着短衣，上面是褪色和油脏了的湖绿乃至青莲的短衫，下面是元色或者柳条的裤子。长头发，很多还梳着辫子。破脏的粗布鞋，缠过而未放大的脚，走路也就有点蹒跚的样子。在路上走，这两种人很少有谈话的机会。脏，乡下气，土头土脑，言语不通，这也许都是她们不亲近的原因。过分地看高自己和不必要地看轻别人，这在"外头工人"的心里也是下意识地存在着的。她们想：我们比你们多一种自由，多一种权利——这就是宁愿饿肚子的自由，随时可以调厂和不做的权利。

红砖头的怪物已经张着嘴巴在等待着它的滋养物了。印度门警把守着铁门，在门房间交出准许她们贡献劳动力的凭证，包身工只交一本打印子的簿子，外头工人在这簿子之外还有一张粘着照片的入厂凭证。这凭证已经有十一年的历史了。顾正红事件之后，内外棉摇班（罢工）了，可是其他的东洋厂还有一部分在工作，于是，在沪西的丰田厂，有许多内外棉的工人冒混进去，做了一次里应外合的英勇的工作。从这时候起，由丰田厂的提议，工人入厂之前就需要这种有照片的凭证了。这种制度，是东洋厂所特有的，中国厂当然没有。英国厂，譬如怡和，工人进厂的时候还可以随便地带个把亲戚或者自己的儿女去学习（当然不给工资），怡和厂里随处可以看见七八岁甚至五六岁的童工，这当然是不取工钱的"赠品"。

织成衣服的一缕缕的纱，编成袜子的一根根的线，穿在身上都是光滑舒适而愉快的。可是，在从棉制成这种纱线的过程，就不像穿衣服那样的愉快了。纱厂工人的三大威胁，就是音响、尘埃和湿气。

到杨树浦去的电车经过齐齐哈尔路的时候，你就可以听到一种"沙沙的急雨"和"隆隆的雷响"混合在一起的声音。一进厂，猛烈的噪音，就会消灭——不，麻痹了你的听觉，马达的吼叫，皮带的拍击，锭子的转动，齿轮的轧轹……一切使人难受的声音，好像被压缩了的空气一般的紧装在这红砖墙的厂房里面，分辨不出这是什么声音，也绝没有使你听觉有分别这些音响的余裕。纺纱间里的"落纱"（专管落纱的熟练工）和"荡管"（巡回管理的上级女工，日本人叫作"见回"）命令工人的时候，不用言语，不用手势，而用经常衔在嘴里的口哨，因为只有口哨的锐利的高音才能突破这种紧张了的空气。

尘埃，那种使人难受的程度，更在意料之外了。精纺、粗纺间的空间，肉眼也可看出飞扬着无数的"棉絮"，扫地的女工经常将扫帚的一端按在地上像揩地板一样地推着，一个人在一条"弄堂"（两部纺机的中间）中间反复地走着，细雪一般的棉絮依旧可以看出积在地上。弹花间、拆包间和钢丝车间更可不必讲了。拆包间的工作，是将打成包捆的原棉拆开，用手扯松，拣去里面的夹杂成分；这种工作，现在的东洋厂差不多已经完全派给包身工去做了，因为她们"听话"，肯做别的工人不愿做的工作。在那种车间里，不论你穿什么衣服，一刻儿就会一律变成灰白。爱作弄人的小恶魔一般的在室中飞舞着的花絮，"无孔不入"地向着她们的五官钻进，头发、鼻孔、睫毛和每一个毛孔，都是这些纱花寄托的场所；要知道这些花絮黏在身上的感觉，那你可以假想一下——正像当你工作到出汗的时候，有人在你面前拆散和翻松一个木棉絮的枕芯，而使这枕芯的灰絮遍黏在你的身上！纱厂女工没有一个有健康的颜色，做十二小时的工，据调查每人平均要吸入零点一五克的花絮！

湿气的压迫，也是纱厂工人——尤其是织布间工人最大的威胁。她们每天过着黄霉，每天接触着一种饱和着水蒸气的热气。按照棉纱的特性，张力和湿度是成正比例的。说得平直一点，棉纱在潮湿状态比较不容易扯断，所以车间里必须有喷雾器的装置。在织布间，每部织机的头上就有一个不断地放射蒸气的喷口，伸手不见五指，对面不见他人！身上有一点被蚊虱咬开或者机器碰伤而破皮的时候，很快地就会引起溃烂。盛夏一百十五六度的温度下面工作的情景，那就绝不是"外面人"所能想象的了。

这大概是自然现象吧，一种生物在这三种威胁下面工作，加速度地容易疲劳，尤其是在做夜班的时候，打瞌睡是不会有的，因为野兽一般的铁的暴君监视着你，只要断了线不接，锭壳轧坏，皮辊摆错方向，乃至车板上有什么堆积，就会有遭"拿莫温"（工头）和"小荡管"毒骂和殴打的危险。这几年来，一般地讲，殴打的事实已经渐渐地少了，可是这种"幸福"只局限在"外头工人"的身上。拿莫温和小荡管打人，很容易引起同车间工人的反对，即使当场不发作，散工之后往往会有"喊朋友""品理"和"打相打"的危险，但是，包身工是没有"朋友"和帮手的。什么人都可以欺侮，什么人都看不起她们，她们是最下层的"起码人"，她们是拿莫温和小荡管们发脾气和使威风的对象。在纱厂，做了"烂污生活"的罚规，大约是殴打、罚工钱和"停生意"三种，那么，从包身工所有者——带工老板的立场来看，后面的两种当然是很不利了。罚工钱就是减少他们的利润，停生意不仅不能赚钱，还要贴她二粥一饭，于是带工头不假思索地就欢喜他们采用殴打这一种办法了。每逢端午重阳年头年尾，带工头总要给拿莫温们送礼，那时候他们总得卑屈地讲：

"总得请你帮忙，照应照应，咱的小姑娘有什么事情尽管打！打死不干事，只是不要罚工钱，停生意！"

打死不干事。在这种情形之下，"包身工"当然是"人人得而欺之"了。有一次，一个叫作小福子的包身工整好了的烂纱没有装起，就遭了拿莫温的殴打，恰恰运气坏，一个"东洋婆"走过来了，拿莫温为要在洋东家面前显出他的威风，和对"东洋婆"表示他管督的严厉，打得比寻常格外着力。东洋婆望了一会，也许是她不喜欢这种不"文明"的殴打，也许是她要介绍一种更合理的惩戒方法，走近身来，揪住小福子的耳朵，将她扯到太平龙头的面前，叫她向着墙壁立着，拿莫温跟着过来，很懂得东洋婆的意思似的拿起一个丢在地上的皮带盘心子，不怀好意地叫她顶在头上，东洋婆会心地笑了：

"迭个（这个）小姑娘坏来些！懒惰！"

拿莫温学着同样生硬的调子说：

"皮带盘心子顶拉头浪，就勿会打瞌睡！"

这种"文明的惩罚"，有时候会叫你继续到两小时以上。两小时不做工作，赶不出一天该做的"生活"，那么工资减少而招致带工老板的殴打，也就是分内的事了。殴打之外，还有饿饭、吊、关黑房间等方法。

实际上，拿莫温对待外头工人也并不怎么客气，因为除去打骂之外还有更巧妙的方法，譬如派给你难做的"生活"，或者调你去做不愿意的工作，所以外头有些工人就被迫用送节礼的办法来巴结拿莫温，希望保障自己安全。拿出血汗换的钱来孝敬工头，在她们当然是一种难堪的负担，但是在包身工，那是连这种送礼的权利也没有的！外头工人在抱怨这种额外的负担，而包身工人却在羡慕这种可以自主地拿出钱来贿赂工头的权利！

在一种特殊优惠的保护之下，吸收着廉价劳动力的滋养，在中国的东洋厂飞跃地膨大了。单就这福临路的东洋厂讲，光绪二十八年三井系的资本收买大纯纱厂而创立第一厂的时候，锭子还不到两万，可是三十年之后，他们已经有了六个纱厂，五个织布厂，二十五万个锭子，三千张布机，八千工人和一千二百万元的资本。美国哲人爱玛生的朋友达维特·索洛曾在一本书上说过，美国铁路每一根枕木下面，都横卧着一个爱尔兰工人的尸首，那么我也这样联想，在东洋厂的每一个锭子上面，都附托着一个中国奴隶的冤魂！

"一·二八"战争之后，他们的政策又改变了，这特征就是劳动强化。统计的数字表示着这四年来锭子和布机数的增加，工人人数的减少。可是在这渐减的工人里面，包身工的成分却在激剧地增加。举一个例，杨树浦某厂的条子车间，三十二个女工里面就有二十四个包身工，全般的比例，大致相仿。即使用最少的约数百分之五十计算，全上海三十家东洋厂的四万八千工人里面，替厂家和带工头二重服务的包身工总在二万四千人以上！

科学管理和改良机器，粗纱间过去每人管一部车的，现在改管一"弄堂"了；细纱间从前每人管三十木管的（每木管八个锭子），现在改管一百木管了；布机间从前每人管五部布机，现在改管二十乃至三十部了。表面上看，好像论货计工，产量增多就表示了工价的增大，但是事实并不这样简单。工钱的单价，几年来差不多减了一倍。譬如做粗纱，以前每"亨司"（八百四十码）单价八分，现在已经不到四分了，所以每人管一部车子，工作十二小时，从前做八"亨司"可以得到六角四分，现在管两部车做十六"亨司"工钱还不过四角八分左右。在包身工，工钱的多少，和她"本身"无涉，那么当然这剥削就上在带工头的账上了。

两粥一饭，十二小时工作，劳动强化，工房和老板家庭的义务劳动，猪猡一般的生活，泥土一般的作践——血肉造成的"机器"，终于和钢铁造成的机器不一样的，包身契上写明的三年期间，能够做满的大概不到三分之二。工作，工作，衰弱到不能走路还是工作，手脚像芦柴棒一般的瘦，身体像弓一般的弯，面色像死人一般的惨！咳着，喘着，淌着冷汗，还是被逼着在做工。譬如讲芦柴棒吧，她的身体实在瘦得太可怕了，放工的时候，厂门口的"抄身婆"（检查女工身体的女人）也不愿意用手去接触她的身体。

"让她扎一两根油线绳吧！骷髅一样，摸着她的骨头会做怕梦！"

但是，带工老板是不怕做怕梦的！有人觉得太难看了，对她的老板说：

"譬如做好事吧，放了她！"

"放她？行！还我二十块钱，两年间的伙食、房钱。"他随便地说，回转头来瞪了她一眼。

"不还钱，可别做梦！宁愿赔棺材，要她做到死！"

芦柴棒现在的工钱是每天三角八分，拿去年的工钱三角二分做平均，做了两年，带工老板在她身上实际已经收入了二百三十块了！

还有一个，什么名字记不起了，她熬不住这种生活，用了许多工夫，在上午的十五分钟休息时间里，偷偷地托一个在补习学校念书的外头工人写了一封给她父母的家信，邮票，大概是那同情她的女工捐助的了。一个月，没有回信，她在焦灼，她在希望，也许她的父亲会到上海来接她回去，可是，回信是捏在老板手里了。散工回来的时候，老板和两个打杂的站在门口。满脸横肉的老板赶上一步，一把扭住她的头发，踢，打，掷和爆发一般的听不清的轰骂！

"死婊子！你倒有本事，打断我的家乡路！

"猪猡，一天三餐喂昏了！

"揍死你，给大家做个样子！

"谁给你写的信？讲，讲！"

鲜血和惨叫使整个工房都怔住了，大家都在发抖，这好像真是一个榜样。打倦了之后，再在老板娘的亭子楼里吊一晚。这一晚，整屋子除去快要断气的呻吟一般的呼唤之外，绝没有别的声息，屏着气，睁着眼，千百个奴隶在黑夜中叹息她们的命运。

人类的身体构造，有时候觉得确实有一点神奇。长得结实肥胖的往往会像折断一根麻梗一般的很快地死亡，而像芦柴棒一般的却偏能一天一天地磨难下去。每一分钟都有死的可能，可是她还有韧性地在那儿支撑。两粥一饭、十二小时噪音、尘埃和湿气中的工作，默默地，可是规则地反复着，直到榨完了残留在她皮骨里的最后的一滴血汗为止。

看着这种饲养小姑娘谋利的制度，我禁不住想起孩子时候看到过的船户养墨鸭捕鱼的事了。和乌鸦很相像的那种怪样子的墨鸭，整排地停在舷上，它们的脚是用绳子吊住了的，下水捕鱼，起水的时候船户就在它的颈子上轻轻地一挤。吐了再捕，捕了再吐，墨鸭整天地捕鱼，卖鱼得钱的却是养墨鸭的船户。但是，从我们孩子的眼里看来，船户对墨鸭并没有怎样的虐待，因为船户总还得养活它们，喂饱它们，而现在，将这种关系转移到人和人的中间，便连这一点施与也已经不存在了！

在这千万的被饲养者的中间，没有光，没有热，没有希望……没有法律，没有人道。这儿有的是二十世纪的烂熟了的技术、机械、制度，和对这种制度忠实地服务着的十五六世纪封建制下的奴隶！

黑夜，静寂的、死一般的长夜。表面上，这儿似乎还没有自觉，还没有团结，还没有反抗，——她们住在一个伟大的锻冶场里面，闪烁的火花常常在她们身边擦过，可是，在这些被强压强榨着的生物，好像连那可以引火，可以燃烧的火种也已经消散掉了。

不过，黎明的到来还是没法可推拒的；索洛警告美国人当心枕木下的尸骸，我也想警告这些殖民主义者当心呻吟着的那些锭子上的冤魂。

一九三六，六，三，清晨

选自《夏衍七十年文选》

上海文艺出版社1996年版

作家的话 ◈

这是一篇"报告文学"，不是一篇小说，所以我写的时候力求真实，一点也没有虚构和夸张。她们的劳动强度，她们的劳动和生活条件，当时的工资制度，我都尽可能地作了实事求是的调查。因此，在今天的工人同志们看来似乎是不能相信的一切，在当时却是铁一般的事实。

《从〈包身工〉所引起的回忆》

评论家的话 ◈

夏衍的《包身工》是今年关于产业工人的一篇材料丰富、情意真挚的报告文学。在报告文学刚刚萌芽，工人文学非常缺乏的现在，它有双重的巨大意义。

周立波：《1936年小说创作的回顾》

李劼人

◈ 死水微澜 (《死水微澜》节选)

　　李劼人,笔名老懒、菱乐等。1891 年生于四川成都。青年时代曾参加四川铁路风潮。1916 年任成都《四川群报》编辑、主笔。1918 年该报被封,约集同人创办《川报》。1919 年加入少年中国学会,同年底赴法国勤工俭学,曾在巴黎大学文学院、蒙柏烈大学文学院学习法国文学史和近代文学批评等。1924 年回国,在成都一些学校任教,后居家从事翻译和写作。1935 年至 1937 年完成《死水微澜》《暴风雨前》《大波》三部长篇小说。20 世纪 50 年代曾任成都市人民政府副市长等职。1956 年后重写长篇小说《大波》,未及完成,1962 年病逝。有《李劼人选集》5 卷。

　　长篇小说《死水微澜》(中华书局 1936 年初版)以清末成都天回镇为背景,描写当地袍哥势力与教会势力之间的生死搏斗,反映特定历史时期的四川社会现实。本文选自《死水微澜》第五部分。标题"死水微澜"为原作第五章题目。

一

自正月初八日起，各大街的牌坊灯，便竖立起来。初九日，名曰上九，便是正月烧灯的第一宵。全城人家，并不等什么人的通知，一入夜，都要把灯笼挂出，点得透明。就中以东大街各家铺户的灯笼最为精致，又多，每一家四只，玻璃彩画的也有，而顶多顶好看的总是绢底彩画的。并且各家争胜斗奇，有画《三国》的，有画《西厢》《水浒》，或是《聊斋》《红楼梦》的，也有画戏景的，不一定都是匠笔，有多数是出自名手，可以供雅俗之赏。所以一到夜间，万灯齐明之时，游人们便涌来涌去，围着观看。

牌坊灯也要数东大街的顶多顶好，并且灯面绢画，年年在更新。而花炮之多，也以东大街为第一。这因为东大街是成都顶富庶的街道，凡是大绸缎铺，大疋①头铺，大首饰铺，大皮货铺，以及各字号，以及贩卖苏广杂货的水客，全都在东大街。所以在南北两门相距九里三分的成都城内，东大街真可称为首街。从进东门城门洞起，一段，叫下东大街，还不算好，再向西去一段，叫中东大街和上东大街，足有二里多长，那就显出它的富丽来了：所有各铺户的铺板门坊，以及檐下卷棚，全是黑漆推光；铺面哩，又高又大又深，并且整齐干净；招牌哩，全是黑漆金字，很光华，很灿烂的。因为经过几次大火灾，于是防患未然，每隔几家铺面，便高耸一堵风火墙；

---

① 疋，同"匹"。疋头，四川方言，指已裁剪好的布料。

而街边更有一只长方形足有三尺多高盛满清水的太平石缸，屋檐下并长伸出丁宫保丁制台所提倡的救火家具：麻搭、火钩。街面也宽，据说足以并排走四乘八人大轿。街面全铺着红砂石板，并且没一块破碎了而不即更换的。两边的檐阶也宽而平坦，一入夜，凡那些就地设摊卖各种东西的，便把这地方侵占了；灯火荧荧，满街都是，一直到打二更为止。这是成都唯一的夜市，而大家到这里来，并不叫上夜市，却呼之为赶东大街。

东大街在新年时节，更显出它的体面来：每家铺面，全贴着朱红京笺的宽大对联，以及短春联，差不多都是请名手撰写，互相夸耀都是与官绅们接近的，或者当掌柜的是士林中人物。而门额上，则是一排五张朱红笺镂空花贴泥金的喜门钱。门扉上是彩画得很讲究的秦军胡帅，或是直书"只求心中无愧，何须门上有神"，以表示达观。并且生意越大，在门神下面，粘着的拜年的梅红名片便越多，而自除夕直到破五，积在门外，未经扫除的鞭炮渣子，便越厚，从早至晚，划拳赌饮的闹声，越高，出入的醉人，也越多！

除此之外，便是花灯火炮了。

从上九夜起，东大街中，每夜都是一条人流，潮过去，潮过来。因此，每年都不免要闹些事的。

这一年，自不能例外，在上九一夜，凡乡下人头上的燕毡大帽，生意人头上的京毡窝，老酸公爷们头上的潮金边耍须苏缎棉瓜皮帽，被小偷趁热闹抓去的，有二十几顶；失怀表的，失鼻烟壶的，失荷包的，以及失散碎银子的，也有好几起。失主们若是眼明手快，将小偷抓住，也不过把失物取回，赏他几个耳光，唾他几把口水了事。谁愿意为这点小意事，去找街差总爷，或送到两县去自讨烦恼？何况小偷们都是经过教训，而有组织的，你就明明看见他抓了你的东西，而站在身边，你须晓得，你的失物已是传了几手，走得很远了；无赃不是贼，你敢奈何他吗？所以十有九回，失主总是叹息一声了事。

初十夜里，更热闹一点。上东大街与中东大街臬台衙门照壁后走马街口，就有两个看灯火的少妇，被一伙流痞举了起来。虽都被卡子上的总爷们一阵马棒救下了，但两个女人的红绣花鞋，玉手钏，镀金簪子，都着勒脱走了。据说有一个着糟踏得顶厉害，衣襟全被撕破，连挑花的粉红布兜肚都露了出来，而脸上也被搔伤了。大家传说是两个半开门的婊子，又说是两个素不正经的小掌柜娘，不管实在与否，而一般的论调却是："该着的！难道不晓得这几夜东大街多繁？年纪轻轻的婆娘，为啥还打扮得妖妖娆娆的出来丧德？"

十一夜里顶热闹，便是在万人丛中，耍起刀来，几乎弄得血染街衢。

这折武戏的主角，我可以先代他们报出名来：甲方是罗歪嘴！乙方是顾天成！

二

顾天成是初六进城的，因为招弟没人照管，便也带在身边。一来拜年，二来也是商量过继承主的事。据说，顾天相的老婆钱大小姐在正月内一定可以生娩了。若幸而如马太婆所摸，是个男孩子，自无问题；不然，幺伯的主意：老二夫妇年轻体壮，一定是生生不已的。头一胎是花，第二胎定是叶，总之，把头一个男孩出继与他，虽然男孩还辽远的未出世，名字是早有了，且把名字先过继去承主，也是可以的。不过总要等钱大小姐生娩之后，看个分晓才能定。

他就住在幺伯家，招弟自有人照顾，他放了心，无所事事，便一天到晚在外面跑。跑些什么？自不外乎吃喝嫖赌。他因为旷久了，所以对于嫖字，更为起劲。女色诚然不放松，男色也不反胃。况新年当中，各戏班都封了箱，一般旦角，年轻标致的，自有官绅大爷们报效供应。那时官场中正将北京风气带来，从制台将军司道们起，全讲究玩小旦，并且宠爱逾恒，甚至迎春一天，杨素兰竟自戴起水晶顶，在行列中，骑马过市。但是一般黑小旦，却也不容易过活，只好在烟馆中，赌场上，混在一般兔子丛中找零星买主，并且不像兔子们拿架子。这于一般四乡来省，想尝此味的土粮户，怯哥儿，是很好的机会。顾天成本不十分外行，值此机会，正逢需要，他又安能放过呢？

但是成都虽然繁华，零售男女色的地方虽多，机会虽有，可是也须有个条件，你才敢去问津。不然的话，包你去十回必要吃十回不同样的大亏：钱被勒了，衣裳被剥了，打被挨了，气被受够了，而结果，你所希望的东西，恐怕连一个模糊的轮廓还不许你瞧见哩！并且你吃了亏，还无处诉苦！

什么条件呢？顶好是，你能直接同两县衙门里三班六房的朋友，或各街坐卡子的老总们，打堆玩耍，那你有时如了意，还用不着要你花钱，不过遇着更有势力的公爷，你断不能仗势相争，只有让，只有让！其次，就是你能够认识一般袍哥痞子，到处可以打招呼，那你规规矩矩，出钱买淫，也不会受气。再次，就是你能凭中间人说话，先替你向上来所说的那几项人打了招呼，经一些人默许了，那你也尽可同着中间人去走动，走熟了之后，你自可如愿以偿；不过花的钱不免多些，而千万不可吝惜，使人瞧不上眼，说你狗①！

顾三贡爷是要凭中间人保护的一类，所以他在省城所交游的，大都就是这般人；而这般人因为他还不狗，也相当与他好。

十一这天，是顾辉堂五十整寿。说是老二一定要给他做生。没办法，只好张灯结彩，大摆筵席。亲戚家门，男男女女，共坐了六桌。老大说是人不舒服，连老婆孩子都没有来，但请二老过了生到郫县去耍一个月。

这一天的显客，是钱亲家。堂屋中间悬的一副红缎泥金寿联，据说便是钱亲家亲自撰送的，联语很切贴："礼始服官，人情洞达；年方学易，天命可知。"到中午，还亲自来拜寿，金顶朝珠，很是辉煌。

顾天成在这天晌午就回来了。送了一匣淡香斋的点心，一斤二刀腿子肉，一盘寿桃，一盘寿面，一对斤条蜡烛，三根檀香条。拜生之后，本想到内室烟盘侧去陪陪钱亲家的，却被二兄弟苦苦邀到厢房去陪几位老亲戚。只好搜索枯肠，同大家谈谈天时，谈谈岁收的丰歉，谈谈多年不见以后的某家死人、某家生孩子的掌故，谈谈人人说厌人人听厌的古老新闻。并且还须按照乡党礼节，一路恭而且敬的说、听，一路大打其空哈哈，以凑热闹。

这些都非顾天成所长，已经使他难过了。而最不幸的，是在安

---

① 成都俗话，谓悭者为屙狗矢，讥其干也，简语则曰狗矢，惄，狗——作者原注。

席之后，恰又陪着一位年高德劭，极爱管闲事的老姻长；吃过两道席点，以及海参大菜之后，老姻长一定要闹酒划拳，五魁八马业已喊得不熟，而又爱输；及至散席，颇颇带了几分酒意。乡党规矩：除了丧事，吊客吃了席，抹嘴就走，不必流连道谢者外，如遇婚姻祝寿，则须很早的来坐着谈笑，静等席吃，吃了，还不能就走，尚须坐到相当时候，把主人累到疲不能支之后，才慢慢的一个一个，作揖磕头，道谢而去；设不如此，众人都要笑你不知礼，而主人也不高兴，说你带了宦气，瞧不起人。因此，顾天成又不能不重进厢房，陪着老姻长谈笑散食。又不知以何因缘，那老姻长对于他，竟自十分亲切起来。既问了他老婆死去的病情医药，以及年月日时，以及下葬的打算，又问他有几儿几女。听见说只有一个女儿，便更关心了；又听说招弟也在这里，便一定要见一见。及至顾天成进去，找老婆子从后房把招弟领出来，向老姻长磕了头后，复牵着她的小手，问她几岁？想不想妈妈？又问她城里好玩吗？乡坝里好玩？又问她转过些什么地方？

招弟说："来了就在这里，爹爹没有领我转过街，幺爷爷喊他领我走，他不领。"

老姻长似乎生了气，大为招弟不平道："你那老子真不对！娃儿头一回过年进城，为啥子不领出去走走？……今天夜里，东大街动手烧龙灯，一定叫他领你去看！"复从大衣袖中，把一个绣花钱褡裢摸出，数了十二个同治元宝光绪元宝的红铜钱鹅眼钱，递给招弟道："取个吉利，月月红罢！……拿去买火炮放！"

这一来，真把顾天成害死了，既没胆子反抗老姻长，又没方法摆脱招弟，而招弟也竟自不进去了，便挂在他身边。他也只好做得高高兴兴的，陪到老姻长走了，牵着招弟小手，走上街来。只说随便走一转，遂了招弟的意后，便将她仍旧领回幺伯家的。不料一走到纯阳观街口，迎面就碰见一个人，他不意的招呼了一声："王大哥，哪里去？"

所谓王大哥者，原来是崇庆州的一个刀客。身材不很高大，面貌也不怎凶横，但是许多人都说他有了不得的本事，又有义气，曾为别人的事，干了七件刀案，在南路一带，是有名的。与成都满城里的关老三又通气，常常避案到省，在满城里一住，就是几个月。

王刀客还带有三四个歪戴帽斜穿衣的年轻朋友，都会过一二面的。

他站住脚，把顾天成看清楚了，才道："是你？……转街去，你哪？"

"小女太厌烦人了，想到东大街去看灯火。"

"好的，我们也是往东大街去的，一道走罢！"

王刀客走时，把招弟看了一眼道："几岁了，你这姑娘？"

"过了年，十二岁了。"

"还没缠脚啦！倒是个乡下姑娘。……看了灯火后，往哪里去呢？"

顾天成道："还是到舒老幺那里去过夜，好不好？"

"也好，那娃儿虽不很白，倒还媚气，腻得好！"

他们本应该走新街的，因为要看花灯，便绕道走小科甲巷。一到科甲巷，招弟就舍不得走了。

王刀客笑道："真是没有开过眼的小姑娘！过去一点，到了东大街，才好看哩！"

一到城守衙门照壁旁边，便是中东大街了。人很多，顾天成只好把招弟背在背上，挤将进去。

前面正在大放花炮，五光十色的铁末花朵，挟着火药，冲有二三丈高，才四向的纷坠下来；中间还杂有一些透明的白光，大家说是做花炮时，在火药里掺有什么洋油。这真比往年的花炮好看！大约放有十来筒，才停住了，大家又才擦着鞋底走几十步。

招弟在她老子背上喜欢得忘形，只是拍着她两只小手笑。

王刀客等人来转东大街，并不专为的看花炮，同时还要看来看火炮的女人。所以只要看见有一个红纂心的所在，便要往那里挤，顾天成不能那么自由，只好远远的跟着。

渐渐挤过了臬台衙门，前面又有花炮，大家又站住了。在人声嘈杂之中，顾天成忽于无意中，听见一片清脆而尖的女人声音，带笑喊道："哎哟！你踩着人家的脚了！"一个熟悉的男子声音答道："恁挤的，你贴在我背后，咋个不踩着你呢？你过来，我拿手臂护着你，就好了。"

顾天成又何尝不是想看女人的呢？便赶快向人丛中去找那说话的。于花炮与灯光之中，果然看见一个女人。戴了一顶时兴宽帽条，一直掩到两鬓，从侧面看去，轮轮一条鼻梁，亮晶晶一对眼睛，小口因为在笑张着的，露出雪白的牙齿。脸上是脂浓粉腻的，看起来很逗人爱。但是一望而知不是城里人，不说别的，城里女人再野，便不会那样的笑。再看女人身边的那个男子，了不得！原来是罗歪嘴！不只是他，还有张占魁、田长子、杜老四那一群。

顾天成心里登时就震跳起来，两臂也掆动了，寻思："那女人是哪个？又不是刘三金，看来，总不是她妈的一个正经货！可又那么好看！狗入的罗歪嘴这伙东西，真有运气！"于是天回镇的旧恨，又涌到眼前，又寻思："这伙东西只算是坐山虎，既到省城，未必有多大本事！咋个跟他们一个下不去，使他们丢了面子还不出价钱来，也算出了口气！"

花炮停止，看的人正在走动，忽然前面的人纷纷的向两边一分，让出一条宽路来。

一阵吆喝，只见两个身材高大，打着青纱大包头，穿着红哔叽镶青绒云头宽边号衣，大腿两边各飘一片战裙的亲兵，肩头上各捎着一柄绝大伞灯，后面引导两行同样打扮的队伍，担着刀叉等雪亮的兵器，慢慢走来。后面一个押队的武官，戴着白石顶子的冬帽，身穿花衣，腰间挂一柄鲨鱼皮绿鞘腰刀，跨在一匹白马上；马也打扮得很漂亮，当额一朵红缨，足有碗来大，一个马夫捉住白铜嚼勒，在前头走；军官双手捧着一只蓝龙抢日的黄绸套套着的令箭。

原来是总督衙门的武巡捕，照例在上九以后，元宵以前，每夜一次，带着亲兵出来弹压街道的，通称为出大令。

人丛这么一分，王刀客恰又被挤到顾天成的身边来。

他灵机一转，忽然起了一个意，便低低向王刀客说道："王哥，你哥子可看见那面那个婆娘？"

"你说的是不是那个穿品蓝衣裳的女人？"

"是的，你哥子看她长得咋个？还好看不？"

王刀客又伸头望了望道："自然长得不错，今夜怕要赛通街了！"

"我们过去挤她妈的一挤，对不对？"

王刀客摇着头道："使不得！我已仔细看来，那女人虽有点野气，还是正经人。同她走的那几人，好像是公口上的朋友，更不好伤义气。"

"你哥子的眼力真好！那几个果是北门外码头上的。我想那婆娘也不是啥子正经货。是正经的，肯同这般人一道走吗？"

王刀客仍然摇着头。

"你哥子这又太胆小了！常说的，野花大家采，好马大家骑，说到义气，更应该让出来大家要呀！"

王刀客还是摇头不答应。

一个不知利害的四浑小伙子，约莫十八九岁，大概是初出林的笋子，却甚以为然道："顾哥的话说得对，去挤她一挤，有甚要紧，都是要的！"

王刀客道："省城地方，不是容易撒豪的，莫去惹祸！"

又一个四浑小伙子道："怕惹祸，不是你我弟兄说的话。顾哥，真有胆子，我们就去！"

顾天成很是兴奋，也不再加思索，遂将招弟放在街边上道："你就在这里等着！我过去一下就来！"

"大令"既过，人群又合拢了。王刀客就要再阻挡，已看不见他们挤往哪里去了。

罗歪嘴一行正走到青石桥街口，男的在前开路，女的落在背后。忽然间，只听见女的尖声叫喊起来道："你们才混闹呀！咋个在人家身上摸了起来！……哎呀！我的奶……"

罗歪嘴忙回过头来，正瞧见顾天成同一个不认识的年轻小伙子将蔡大嫂挟住在乱摸乱动。

"你吗，顾家娃儿？"

"是我！……好马大家骑！……这不比天回镇，你敢咋个？"

罗歪嘴已站正了，便撑起双眼道："敢咋个？……老子就敢捶你！"

劈脸一个耳光，又结实，又响，顾天成半边脸都红了。

两个小伙子都扑了过来道："话不好生说，就出手动粗？老子们还是不怕事的！"

口角声音，早把挤紧的人群，霍然一下荡开了。

大概都市上的人，过惯了文雅秀气的生活，一旦遇着有刺激性的粗豪举动，都很愿意欣赏一下；同时又害怕这举动波到自己身上，吃不住。所以猛然遇有此种机会，必是很迅速的散成一个圈子，好像看把戏似的，站在无害的地位上来观赏。

于是在圈子当中，便只剩下了九个人。一方是顾天成他们三人，一方是罗歪嘴、张占魁、田长子、杜老四，同另外一个身材结实的弟兄，五个男子。外搭一个脸都骇青了的蔡大嫂。

蔡大嫂钗横鬓乱，衣裳不整的，靠在罗歪嘴膀膊上，两眼睁得过余的大，两条腿战得几乎站不稳当。

罗歪嘴这方的势子要胜点，骂得更起劲些。

顾天成毫未想到弄成这个局面，业已胆怯起来，正在左顾右盼，打算趁势溜脱的，不料一个小伙子猛然躬身下去，从小腿裹缠当中，霍的拔出一柄匕首，一声不响，埋头就向田长子腰眼里戳去。

这举动把看热闹的全惊了。王刀客忽的奔过来，将那小伙子拖住道："使不得！"

田长子一躲过，也从后胯上抽出一柄短刀。张占魁的家伙也拿出来了道："你娃儿还有这一下！……来！"

王刀客把手一拦，刚说了句："哥弟们……"

人圈里忽起了一片喊声："总爷来了！快让开！"

提刀在手，正待以性命相搏的人，也会怕总爷。怕总爷吆喝着喊丘八捉住，按在地下打光屁股。据说，袍哥刀客身上，纵就白刀子进红刀子出戳上几十个鲜红窟窿，倒不算什么，惟有被王法打了，不但辱没祖宗，就死了，也没脸变鬼。

"总爷来了！"这一声，比什么退鬼的符还灵。人圈中间的美人英雄，刀光钗影，一下都不见了。人壁依旧变为人潮，浩浩荡荡流动起来。

这出武戏的结果，顶吃亏的是顾天成。因为他一趟奔到总府街时，才想起他的招弟来。

三

从正月十一夜，在成都东大街一场耍刀之后，蔡大嫂不惟不灰心丧气，对于罗歪嘴，似乎还更亲热了些，两个人几乎行坐都不离了。

本来，他们两个的勾扯，已是公开的了，全镇的人只有正在吃奶的小娃儿，不知道。不过他们既不是什么专顾面子的上等人，而这件事又是平常已极，用不着诧异的事，不说别处，就在本镇上，要找例子，也就很多了。所以他们自己不以为怪，而旁边的人也淡漠视之。

蔡兴顺对于他老婆之有外遇，本可以不晓得的，只要罗歪嘴同他老婆不要他知道。然而罗歪嘴在新年初二，拜了年回来，不知为了什么，却与蔡大嫂商量，两个人尽这样暧暧昧昧的，实在不好，不如简直向傻子说明白，免得碍手碍脚。蔡大嫂想了想，觉得这与憎嫌亲夫刺眼，便要想方设计，将其谋杀了，到头终不免败露，而遭凌迟处死的比起，毕竟好得多。虽说因他两人的心好，也因蔡兴顺与人无争的性情好，而全亏得他们两人都是有了世故，并且超过了疯狂的年纪，再说情热，也还剩有思索利害的时间与理性。所以他们在商量时，还能设想周到：傻子决不会说什么的，只要大家待他格外好一点；设或发了傻性，硬不愿把老婆让出与人打伙，又如何办呢？说他有什么杀着，如祖宗们所传下的做丈夫的人，有权力将奸夫淫妇当场砍死，提着两个人头报官，不犯死罪；或如《珍珠衫》戏上蒋兴哥的办法，对罗歪嘴不说什么，只拿住把柄，一封书将邓幺姑休回家去；像这样，谅他必不敢！只怕他使着闷性，故意为难，起码要夜夜把老婆抱着睡，硬不放松一步，却如何办？蔡大嫂毕竟年轻些，便主张带起金娃子，同罗歪嘴一起逃走，逃到外州府县恩恩爱爱的去过活。罗歪嘴要冷静些，不以她的话为然，他说傻子性情忠厚，是容易对付的，只须她白日同他吵，夜里冷淡他，同时挑拨起他的性来，而绝对不拿好处给他；他再与他一些恐骇与温情，如此两面夹攻，不愁傻子不递降表。结果是采了罗歪嘴的办法，而在当夜，蔡兴顺公然听取了他们的秘密。不料他竟毫无反响的容纳了，并且向罗歪嘴表示，如其嫌他在中间不方便，他愿意简直彰明较著的把老婆嫁给他，只要邓家答应。

蔡兴顺退让的态度，牺牲自己的精神——但不是从他理性中评判之后而来，乃是发于他怯畏无争的心情。——真把罗歪嘴感动了，拍着他的手背道："傻子，你真是好人，我真对不住你！可是我也出

073

于无奈，并非有心欺你，你放心，她还是你的人，我断不把她抢走的！"

他因为感激他，觉得他在夫妇间，也委实老实得可怜，遂不惜金针度人，给了他许多教诲；而蔡兴顺只管当了显考，可以说，到此方才恍然夫妇之道，还有许多非经口传而不知晓的秘密。但是蔡大嫂却甚以为苦，抱怨罗歪嘴不该把浑人教乖；罗歪嘴却乐得大笑；她只好努力拒绝他。

不过新年当中，大家都过着很快活。到初九那天，吃午饭时，张占魁说起城里在这天叫上九，各街便有花灯了。从十一起，东南两门的龙灯便要出来，比起外县龙灯，好看得多。并不是龙灯好看，是烧龙灯的花火好看，乡场上的花火，真不及！蔡大嫂听得高兴，因向罗歪嘴说："我们好不好明天就进城去，好生耍几天？我长这么大，还没到过成都省城哩！"

罗歪嘴点头道："可是可以的，只你住在哪里呢？"

她道："我去找我的大哥哥，在他那里歇。"

"你大哥哥那里？莫乱说，一个在广货店当先生的，自己还在打地铺哩！哪能留女客歇？铺家规矩，也不准呀！"

杜老四道："我姐姐在大红土地庙住，虽然窄一点，倒可挤一挤。"

这问题算是解决了。于是蔡兴顺也起了一点野心，算是他平生第一次的，他道："也带我去看看！"

罗歪嘴点了头，众人也无话说。但是到次日走时，蔡大嫂却不许她丈夫走。说是一家人都走了，土盘子只这么大，如何能照料铺子。又说她丈夫是常常进城的，为何就不容她萧萧闲闲的去玩一次。

要是金娃子大一点，丢得下，她连金娃子都不带了。种种说法，加以满脸的不自在，并说她丈夫一定要去，她就不去，她可以让他的。真弄得众人都不敢开口，而蔡傻子只好答应不去，眼睁睁的看着她穿着年底才缝的崭新的大镶滚品蓝料子衣裳，水红套裤，平底满帮花鞋，抱着金娃子，偕着罗歪嘴等人，乘着轿子去了。

自娶亲以来，与老婆分离独处，这尚是第一次；加以近六七天，被罗大老表教导之后，才稍稍尝得了一点男女乐趣，而女的对自己，看来虽不像对她野老公那样好，但与从前比起，已大不相同。在他心里，实在有点舍不得他女人的，却又害怕她，害怕她当真丢了他，她是一个说得出做得出的女人。在过年当中，生意本来少，一个人坐在铺内，实在有点与素来习惯不合的地方，总觉得心里有点慌，自己莫名其妙，只好向土盘子述苦。

"土盘子，我才可怜喽！……"

土盘子才十四岁的浑小子，如何能安慰他。他无可排遣，只好吃酒。有时也想到"老婆讨了两年半，娃儿都有了，咋个以前并不觉得好呢？……咋个眼前会离不得她呢？……"自己老是解答不出，便只好睡，只好捺着心等他老婆兴尽而回。

原说十六才回来，十八才同他回娘家去的。不料在十二的晌午，她竟带着金娃子，先回来了。他真有说不出的高兴，站在她跟前，什么都忘了，只笑嘻嘻的看着她，看得一眼不转。

她也不瞅睬他，将金娃子交给土盘子抱了去，自己只管取首饰，换衣服，换鞋子。收拾好了，抱着水烟袋，坐在方凳上，一袋一袋的吸。

又半会，她才看了蔡兴顺一眼，低头叹道："傻子，你咋个越来越傻了！死死的把人家盯着，难道我才嫁跟你吗？我忽然的一个人回来，这总有点事情呀，你问也不问人家一句，真个，你就这样的没心肝吗？叫人看了真伤心！"

蔡兴顺很是慌张，脸都急红了。

她又看了他两眼，不由笑着啐了他一口道："你真个太老实了！从前觉得还活动些！"

蔡兴顺"啊"了一声道："你说得对！这两天，我……"

她把眉头一扬道："我晓得，这两天你不高兴。告诉你，幸亏我挡住你，不要去，那才骇人哩！连我都骇得打战！若是你……"

他张开大口，又"啊"了一声。

"你看，罗哥、张哥这般人，真行！刀子杀过来，眉毛都不动。是你，怕不早骇得倒在地下了！女人家没有这般人一路，真要到处受欺了，还敢出去吗？你也不要怪我偏心喜欢他们些，说真话，他们本来行啊！"

她于是把昨夜所经过的，向他说了个大概。"幸而把金娃子交跟田长子的姐姐带着，没抱去。"说话中间，自然把罗歪嘴、张占魁、田长子诸人形容得更有声色，超过实际不知多少倍，犹之书上之叙说楚霸王、张三爷一样。事后，罗歪嘴等人本要去寻找那个姓顾的出事，一则她不愿意再闹，二则一个姓王的出头说好话，他们才不往下理落。她也不想看龙灯了，去找了一次大哥，又没有找着。城内还在过年，开张的很少，并不怎么热闹好玩，所以她就回来了。他们说是有事，要二十以后才能回来。是杜老四一直把她送到三河场，才转去的。

蔡兴顺听他老婆说完，忽然如有所悟，才晓得他老婆喜欢的是歪人，他自己并非歪人，只好退让了罢，这还有什么争的！

次日，两个人一同到邓家去拜年，铺子停门一日，土盘子也借此回去看他的三婶。蔡兴顺在丈人丈母家，似乎比前两个新年更沉默，更老实了一些。

罗歪嘴由省城回来，给蔡大嫂买了多少好东西；她高兴得很，看一样，爱一样，赞一样。她更其同他亲热起来。她向蔡兴顺说："你看，人家不光是像个男儿汉，一句话不对，就可以拼命。人家为一个心爱的女人，还真能体贴，真小心，我并没有开腔，人家就会把我喜欢的跟我买来。人家这样好，我咋个不多爱他些呢？"

蔡兴顺无话可说，只有苦着脸的笑。

到三月初间，蔡大嫂忽起意要去青羊宫烧香，大家自无话说，答应奉陪。独于点到蔡兴顺，他却表示不去。

蔡大嫂不甚自在道："这才怪啦！上次看灯，你要去，这次赶会，你又不去，是啥道理呀？"

"我害怕又要刀！"

大家都笑道："傻子的胆量真小！哪里回回有要刀的事？况且有我们！"他仍摇摇头。

蔡大嫂道："不强勉他，只跟他带点东西回来好了。"于是就计议何时起身，设或晚了不能回来，就进城在何处歇宿，金娃子是不带去的。

大家很为高兴，蔡兴顺仍默默的不发一言。

四

顾天成在总府街一警觉招弟还在东大街，登时头上一热，两脚便软了。大约自己也曾奔返东大街，在人丛中挤着找了一会罢？回到幺伯家后，只记得自己一路哭喊进去，把一家人都惊了。听说招弟在东大街挤掉了，众人如何说，如何主张，则甚为模糊，只记得钱家弟媳连连叫周嫂喊打更的去找，而幺伯娘则抹着眼泪道："这才可怜啦！这才可怜啦！"

闹了一个通宵，毫无影响。接连三天，求签、问卜、算命、许愿、观花、看圆光、画蛋，什么法门都使交了，还是无影响。他哩，昏昏沉沉的，只是哭。又不敢说出招弟是因为什么而掉的，又不敢亲自出去找，怕碰见对头。关心的人，只能这样劝："不要太怄狠了！这都是命中注定的，该她要着这个灾。即或不掉，也一定会病死，你退一步想，就权当她害急病死了！"或者是："招弟已经那么大了，不是全不懂事的，长相也还不坏，说不定被哪家稀儿少女的有钱人抢去了，那就比在你家里还好哩！"还举出许多例，有些把儿女掉了二十年，到自己全忘了，尚自寻觅回来，跪认双亲的。

又过了两天，幺伯、幺伯娘也都冷淡下来，向他说："招弟掉了这几天，怕是找不着了！你的样子都变了，我家二媳妇肚子越大越坠，怕就在这几天。我们不留你尽住，使你伤心，你倒是回去将养的好。把这事情丢冷一点，再进城来要。"

顾天成于正月十八那天起身回家时，简直就同害了大病一样，强勉走出北门，到接官厅，两腿连连打战，一步也走不动，恰好有轿子，便雇了坐回去。一路昏昏沉沉，不知在什么时候，竟自走到拢门口。轿子放下，因花豹子、黑宝之向轿夫乱吠而走来叱狗的阿龙，只看见是他，便抢着问道："招弟也回来了吗？"他好像在心头着了一刀似的，汪的一声便号啕大哭起来。什么都不顾了，一直抢进堂屋，掀开白布灵帏，伏在老婆棺材上，顿着两脚哭喊道："妈妈！妈妈！我真想不过呀！招弟在东大街掉了！……你有灵有验……把她找回来呀！……"就是他老婆死时，也未这样哭过。

全农庄都知道招弟掉了，是正月十一夜看灯火挤掉的。邻居们都来问询，独不见钟家夫妇，说是进城到曾家去了。

阿龙不服气，他说："妈的！我偏不信，掉个人会找不着的！成都省有多大！"第二天，天还未亮，阿龙果然没吃饭就走了。

顾天成听见，心里也希冀阿龙真能够把招弟找到，寻思"这或者是招弟的妈在暗中主使罢？"于是他就在老婆灵位前点上一对蜡烛，三根长香，恭恭敬敬磕了三个头，磕到第三个头，并伏在地上默默通明了好一会。忽然想起自己平日的行为，便哭诉道："妈妈，我平日爱闹女人，这该不是我的报应？妈妈，只要你有灵有验，把招弟找回来，我再也不胡闹了！"

他祷告了后，好像有了把握，对于招弟回来的希望，似乎更大了。心里时时在说："阿龙定然把她找得着！"这一天，他颇有精神，一直悬着眼睛，等到月光照见了树梢。

次日又等，上午还好，还能去找邻居谈说"设若招弟回来了"，并打算杀只鸡煮了等她回来吃。但是等到下午，心里就焦躁起来，越等越不耐烦，连家里都站不住了，便跑到大路上去望，望一会，又跑回来，一直望到只要看见有两个人影。都以为是阿龙带着招弟回来了。快要黄昏时候，才被阿三拉了回去道："你也疯了！阿龙连城门都没有进过的，他咋个找得到人？恐怕连他也会掉哩！回去睡觉好了！你看，你已变得不像人形！"

话只管说得对，叫阿龙去找招弟，真不免惹人笑；但他已向死人灵前通明了，赌了咒，人死为神，只要鉴察自己的真诚，哪里有不显应的，况且又是自己的女儿？顾天成诚心相信他这道理。不过，人到底支持不住，算来从正月十一夜起，直未好生睡过一觉。所以到猫头鹰叫起来时，还坐在太师椅上，就睡着了。

次日天已大明，阿三来叫他吃饭，方醒了，也才觉得通身冰冷，通身酸痛，头似乎有巴斗大，眼珠子也胀得生疼，鼻子也是瓮的。刚刚强勉吃了一碗米汤泡饭，阿龙忽然走进灶房来。

他忙放下饭碗，张开口，睁着眼，把阿龙看着。

阿龙不作声，一直走去坐在烧火板凳上，两只手把头抱着。

他只觉得双眼发黑，通身火滚，从此不省人事，仿佛记得要倒下时，阿三连在耳朵叫道："你病了吗？你病了吗？"

五

在有一夜晚，顾天成仿佛刚睡醒了似的，睁开眼睛一看，只觉满眼金花乱闪，头仍是昏昏沉沉的，忙又把眼闭着。耳朵却听见有些声音在嗡嗡的响。好半会，那声音才变得模模糊糊，像是人在说话，似乎隔了一层壁。又半会，竟听清楚了，确乎一个人粗声大气在说："……不管你们咋个说法，我今夜硬要回去放伸睡一觉的！莫把我熬病了，那才笑人哩！"又一个粗大声音："钟幺嫂，你不过才熬五夜啦！……"

钟幺嫂也熬五夜，是为的什么？她还在说："……看样子，已不要紧了，烧热已经退尽，又不打胡乱说了，你不信，你去摸摸看。"

果有一个人，脚步很沉重的走了过来。他又把眼睛睁开。一张又黄又扁的大脸，正对着自己，原来是阿三，他认得很清楚。

"吹！钟幺嫂，钟幺嫂，你快来看！眼睛睁开了，一眨一眨的！"

走在阿三身边来的，果然是圆眼胖脸，睫毛很长的钟幺嫂，他也认得很清楚。

她伏在他脸上看了看，像是很高兴的样子，站起来把阿三的粗膀膊重重一拍道："我的话该对？你看他不是已清醒了？……啊！三贡爷，认得我不？真是菩萨保佑！你这场病好轧实！我都整整熬了五夜来看守你，你看这些人该是好人啦！"

他还有些昏，莫名其妙的想问她一句什么话，觉得是说出来了，不过自己听来也好像乳猫叫唤一样。

阿龙奔了进来，大声狂喊道："他好了吗？"

钟幺嫂拦住他道："蠢东西，放那么大的声气做啥子！……他才清醒，不要扰他！我们都走开一点，让他醒清楚了，再跟他说话！……阿弥陀佛！我也该回去了！……阿龙快去煨点稀饭，怕他饿了要吃！稀饭里不要放别的东西，一点砂糖就好了！……"

阿三坐在床边上，拿起他那长满了厚茧的粗手，在他额上摸了摸，张着大嘴笑道："你当真好了！"

他眼睛看得清楚了，方桌上除了一盏很亮的锡灯台而外，放满了的东西，好像有几个小玻璃瓶子，被灯光映得透明。床上的罩子在脑壳这一头是挂在牛角帐钩上，脚下那一头还放下来在。自己是仰卧着的，身上似乎盖了不少的东西，压得很重。

他瞅着阿三，努力问了一句："我病了多久吗？"自己已听得见在说话，只是声音又低又哑。

阿三自然也听见了，点了点头道："是啦！今天初四了，你是正月二十害的病，整整十四天！……不忙说话！你吃不吃点稀饭？十四天没吃一点东西，这咋个使得！我催阿龙去！"

被人喂了小半碗稀饭，又睡了。这夜是病退后休息的熟睡，而不是病中的沉迷与昏腾。所以到次日平明，顾天成竟醒得很清楚。据守夜的阿三说，他真睡得好，打了半夜的鼾声。并且也觉饿了，洗了一把脸，又吃了一碗多稀饭，还吃了些咸菜，觉得很香。

饭后，阿三问他还吃不吃洋药？

"洋药？"他诧异的问，"啥子洋药？"

"啊！我忘记告诉你啦！你这病全是洋药医好的！"

"到底是啥子洋药，哪里来的？"他说话的声音也大了，并且也有力。

"你还不晓得吗？就是从曾师母那里拿来的。……呃！我又忘了，你病得糊里糊涂的，咋个晓得呢？我摆跟你听……"

阿三的话老是拖泥带水的，弄不清楚，得亏阿龙进来，在旁边帮着，这才使顾天成明白了。

事情经过是这样的：当顾天成几乎栽倒，被阿三、阿龙架到床上，已经不省人事了。阿龙骇得只晓得哭，邻居们听见了来看，都没办法。那位给他老婆料理过丧事的老年人才叫阿三到场上去找医生。医生就是那位卖丸药的马三疯子，走来一看，就说是中了邪风。给了几颗邪风丸，不想灌下之后，他就打胡乱说起来。众人更相信遇了邪，找了个端公来打保符①，又送了个花盘，他打胡乱说得更厉害。那位老年人不敢拿主张了，叫去找他老婆的哥嫂，不但不来，还臭骂了一顿，说他活报应，并猜招弟是他故意丢了，好讨新老婆。别一个邻居姆姆又举荐来一个观花婆，花了三百钱，一顿饭，观了一场花。说他花树下站了个女鬼，要三两银子去给他禳解。阿三不晓得他的银子放在哪里，向大家借，又借不出，只好跑进城去找他幺伯。恰恰二少娘那天临盆，说是难产有鬼，生不下来，请了三四个检生婆，又请了一个道士在画符，一家人只顾二少娘去了。幸而正要出城之时，忽然碰见钟幺哥夫妇。他们给主人拜了年，又去朝石经寺，回来在主人家住了两天，也正要回家。两下一谈起他的病，钟幺嫂便说她主人家曾师母那里，正有个洋医生在给她女儿医病，真行，也是险症，几天就医好了。于是，三个人跑到西御街曾家，先找着钟幺嫂的姐姐，再见了曾先生、曾师母。曾师母也真热肠，立刻就带着阿三到四圣祠，见了一个很高大的洋人。曾师母说的是洋话，把阿三的话，一一的说给他听了。他便拿了些药粉，装在玻璃瓶里，说先吃这个，吃完了，再去拿药。钟幺嫂一回来，就忙着来服侍他，这是曾师母教她的，病人该怎样的服侍，该吃些什么，房间该怎样收拾，只有一件，钟幺嫂没照做，就是未把窗子撑起；她说："这不比曾家，虽然打开窗子，却烧着火的。乡下的风又大，病人咋个吹得！"钟幺哥也好，因为阿三不大认得街道，他就自告奋

---

① 川西人呼巫人为端公，招巫打鬼，简者曰保符，繁者曰跳煤山——作者原注。

勇，每次去拿药。不过，当阿三初次把洋药拿回来时，邻居们都说吃不得，都说恐怕有毒。那位有年纪的说得顶凶，他说活了七十几岁，从没听见过洋鬼子的药会把人医好，也没听见过人病了，病得打胡乱说，连端公都治不好的，会被洋鬼子治好。洋鬼子就是鬼，鬼只有愿意人死的，哪里会把人治好。钟幺嫂同他争得只差打了起来。后来，是阿三出来拍着胸膛说："死马当成活马医！主人家死了，我抵命！"这才把众人的嘴堵住，把洋药灌下。就那一夜，众人时时走来打听他的死信，钟幺嫂便一屁股坐在床跟前熬夜。

洋药就是这样的来历，而且竟自把他医好了！

顾天成也觉稀奇，遂说："洋药还有吗？拿跟我看看。"

阿龙把方桌上一只半大玻璃瓶拿过来道："前两回是扁的，装的药粉，后来就是这药水了。"

一种微黄色的淡水，打开塞子，闻不出什么气味，还剩有小半瓶。

他问："咋个吃的？"

阿龙说："隔两顿饭工夫，跟你小半调羹。这调羹也是钟幺哥带回来的。"又把桌上纸包着的一根好像银子打的长把羹匙拿给他看。

他好奇的说道："倒一点来尝尝，看是啥味道。"

钟幺嫂正走了进来，从阿龙手上把瓶子拿去道："快不要吃！洋医生说过，人清醒了，要另自换药的，我的门前人把牛放了就去。……三贡爷，你今天该清楚了？哎呀！你真骇死人了！亏你害这场大病！"

钟幺嫂今天在顾天成眼里，真是活菩萨。觉得也没有平常那么黑了，脸也似乎没有那么圆，眼也似乎没有那么鼓，嘴也似乎没有那样哆。他自然万分感谢她，她略谦了两句，接着说道："也是你的机缘凑合！要不是阿三哥遇着我，咋个会找到洋医生呢？可是也得亏我在曾家遇见有这件事。看起来，真有菩萨保佑！我同我门前人去朝石经寺，本是为求子的，不想倒为你烧了香了!"

跟着就是一阵哈哈。

顾天成清醒的消息，传遍了，邻居都来看他，都是诧异一番，都要看看洋药，都要议论一番。把一间经钟幺嫂收拾干净的病房，带进了一地的泥土，充满了一间屋的叶子烟气。惟有那位有年纪的男邻居不来，因为他不愿意相信顾天成是洋药医好的。

但是顾天成偏不给他争气，硬因为吃了洋药，一天比一天的好了起来。八天之后，洋医生说，不必再吃药，只须吃些精细饮食就可以了。

也得亏这一场病，才把想念招弟的心思渐渐丢冷，居然能够同钟幺嫂细说招弟掉了以后，他那几天的情形。不过，创痕总是在的。

一天，他在打谷场上，晒着二月中旬难得而暖和的春阳。看见周遭树子，都已青郁郁的，发出新叶。篱角上一株桃花，也绽出了红的花瓣。田间胡豆已快割了，小麦已那么高，油菜花渐渐在黄了。蜜蜂到处在飞，到处都是嗡嗡嗡的。老鹰在晴空中盘旋得很自在，大约也禁不住阳气的动荡，时时长唤两声，把地上的鸡雏骇得一齐伏到母鸡的翅下。到处都是生意勃勃的，孩子们的呼声也时时传将过来，恍惚之间，觉得招弟也在那里。

他向来不晓得想事的，也不由得回想到正月十一在东大街的事情。首先重映在他眼前的，就是那个借以起衅的女人，娉娉婷婷的身子，一张逗人爱的面孔，一对亮晶晶的眼睛，犹然记得清清楚楚。拿她与刘三金比起，没有那么野，却又不很庄重。遂在心里自己问道："这究竟是罗歪嘴的啥子人？又不像是婊子，怕是他的老婆罢？……婆娘们都不是好东西！前一回是刘三金，这一回又是这婆娘，祸根，祸根！前一回的仇，还没有报，又吃了这么大一个亏！……唉！可怜我的招娃子！不晓得落在啥子人的手上，到底是死，是活？……"想到招弟，便越恨罗歪嘴等人，报仇的念头越切。因又寻思到去年与钟幺嫂商量去找曾师母的事。

花豹子从脚下猛的跳了过去，却又不吠，还在摆尾巴。他回过头去，钟幺嫂提着砂罐，给他送炖鸡来了。——从他起床以后，钟幺嫂格外对他要好，替他洗衣裳，补袜底。又说阿三、阿龙不会炖鸡，亲自在家里炖好了，伺候他吃。真个就像他一家人。他感激得很，当面许她待病好了，送她的东西，她又说不要。——他遂站起来，同着两条狗跟她走进灶房，趁热吃着之时，他遂提起要找曾师母的话。

她坐在旁边，将一只手肘支在桌上笑道："这下，你倒可以对直找她了。备些礼物去送她，作为跟她道劳，见了面，就好把你的事向她讲出来，求她找史洋人一说，不就对了吗？"

他摇摇头道："这不好，还是请你去求她好些！一来，我不好求她尽帮忙，二来，我的口钝，说不清楚。"

她也摇摇头道："为你的病，我已经跟你帮过大忙了，你还要烦劳我呀！"

"我晓得，你是我的大恩人。你又很关心我的，你难道不明白我这场病是咋个来的？你光把我的病医好了，不想方法替我报仇，那你只算得半个恩人了！嫂子，好嫂子！再劳烦你这一回，我一总谢你！"

她瞅着他道："你开口说谢，闭口说谢，你先说清楚，到底拿啥子谢我？"

"只要你喜欢的，我去买！"

她拿手指在他额上一戳道："你装疯吗？我要你买的？"

他眼皮一跳，心下明白了，便向她笑着点了点头道："我的命都是你跟我的，还说别的……"

选自《死水微澜》

上海中华书局 1936 年 7 月版

作家的话 ◈

《死水微澜》的时代为 1894 年到 1901 年，即甲午年中国和日本第一次战争以后，到《辛丑条约》订定时的这一段时间。内容以成都城外一个小乡镇为主要背景，具体写出那时内地社会上两种恶势力的相激相荡（教民与袍哥）。这两种恶势力的消长，又系于国际形势的变化，而帝国主义侵略的手段是那样厉害。

《死水微澜·前记》

人物和故事都是虚构的，主要人物如蔡大嫂、罗歪嘴是典型，可以说有这个人，也可以说没有这个人，但类似这样的人很多。如蔡大嫂这样的典型我看的很多，很亲切，她们的生活、思想、内心、境遇，我都熟悉。我是从很多蔡大嫂身上取出一些东西，加一点灰面，这样捏成一个面人；而不是甲蔡大嫂加乙蔡大嫂加丙蔡大嫂，等于书中的蔡大嫂。

《李劼人谈创作经验》

评论家的话 ◈

　　作者的规模之宏大已经相当的足以惊人，而各个时代的主流及
其递嬗，地方上的风土气韵，各个阶层的人物之生活样式，心理状
态，言语口吻，无论是男的女的老的少的，都亏他研究得那样透辟，
描写得那样自然。他那一支令人羡慕的笔，自由自在地，写去写来，
写来写去，时而浑厚，时而细腻，时而浩浩荡荡，时而曲曲折折，
写人恰如其人，写景恰如其景，不矜持，不炫异，不惜力，不偷巧，
以正确的事实为骨干，凭借着各种各样的典型人物，把过去了的时
代，活鲜鲜地形象化了出来。真真是可以令人羡慕的笔！

郭沫若：《中国左拉之待望》

李广田
扇子崖

李广田，笔名黎地、曦晨等。1906 年生，山东邹平人。1929 年考入北京大学预科学习，1931 年入外文系。这期间发表许多诗与散文，结集的有《画廊集》《银狐集》等以及与何其芳、卞之琳的合集《汉园集》。抗战后在西南联大等校任教。1952 年起担任云南大学校长等职。"文化大革命"中惨遭迫害，1968 年投湖自杀。

八月十二日早八时，由中天门出发，游扇子崖。

从中天门至扇子崖的道路，完全是由香客和牧人践踏得出来，不但没有盘路，而且下临深谷，所以走起来必须十分小心。我们刚一发脚时，昭便"险哪险哪"地喊着了。

昭尽管喊着危险，却始终不曾忘记夜来的好梦，她说凭了她的好梦，今天去扇子崖一定可以拾得什么"宝贝"。昭正这样说着时，我忽然站住了，我望着山头上的绿丛中喊道："好了，好了，我已经发现了宝贝，看吧，翡翠叶的紫玉铃儿啊。"一边说着，指给昭看，昭像做梦似的用不敢睁开的眼睛寻了很久，然后才惊喜道："呀，真美哪！朝阳给照得发着宝光呢。"仿佛唯恐不能为自己所有似的，她一定要我去把那"宝贝"取来，为了便于登山涉水起见，我答应回中天门时再去取来奉赠，得到同意，再向前进发。

我们缘着悬崖向西走去，听谷中水声，牧人的鞭声和牛羊鸣声。北面山坡上有几处白色茅屋，从绿树丛中透露出来，显得清幽可喜，那茅屋前面也是一道深沟，而且有泉水自上而下，觉得住在那里的人实在幸福，立刻便有一个美丽的记忆又反映出来了：是某日的傍晚，太阳已落到山峰的背面，把余光从山头上照来，染得绿色的山崖也带了红晕。这时候正有三个人从一条小径向那茅屋走去，一个穿雨过天晴的蓝色，一个穿粉蝴蝶般的雪白，另一个则穿了三春桃花的红色，但见衣裳飞舞，不闻人声嘤嘤。假如嘤嘤地谈着固好，不言语而静静地从绿丛中穿过岂不更美吗？现在才知道那几处茅屋便是她们的住处，而且也知道她们是白种妇女，天之骄子。

我们继续进行着，并谈着山里的种种事情，忽然前面出现一个高崖，那道路就显得难行。爬过高崖，不料高崖下边却是更难行的道路，这里简直不能直立人行，而必须蹲下去用手扶地而动了。有的地方是乱石如箭，有的地方又平滑如砥，稍一不慎，便有坠入深渊的危险。过此一段，则见四面皆山，行路人便已如落谷底，只要高声说话，就可以听到各处连连不断，如许多人藏在什么山洞里唱和一样，觉得很有意思，于是便故意地提高了声音喊着，叫着，而且唱着，听自己的回声跟自己学舌。约计五六里之内，像这样难走的地方共有三四处，最后从乱石中间爬过，下边却又豁然开朗，另有一番天地，然而一看那种有着奇怪式样的白色茅屋时，也就知道这天地是属于什么人家的了。

我们由那乱石丛中折下来，顺着小径向南走去，刚刚走近那些茅屋时，便已有着相当整齐的盘道了，各处均比较整洁，就是树木花草，也排列得有些次序。在这里也遇到了许多进香的乡下人，那是我们的地道的农民，他们都拄着粗重的木杖，背着柳条编织的筐篮，那筐篮里盛着纸马香馃，干粮水壶，而且每个筐篮里都放送出酒香。他们是喜欢随时随地以磐石为几凳，以泉水煮清茶，虽然没有什么肴馔，而用以充饥的也不过是最普通的煎饼之类，然而酒是人人要喝的，而且人人都有相当的好酒量。他们来到这些茅屋旁边，这里望望，那里望望，连人家的窗子里也都探头探脑地窥看过，谁也不说话，只是觉得大大地稀罕了。等到从茅屋里走出几个白种妇女时，他们才像感到被逐似的慢慢地走开。我们缘着盘道下行，居然也走到人家的廊下来了，那里有桌有椅，坐一个白种妇人，和一个中国男子，那男子也如一个地道的农人一样打扮，正坐在一旁听那白种妇人讲书。那桌上卧着一本颇厚的书册，十步之外，我就看出那书背上两个金色大字，"Holy Bible"，那个白种妇人的"God God"的声音也听清了。我却很疑惑那个男子是否在诚心听讲，因为他不断地这里张张，那里望望，仿佛以为鸿鹄将至似的，那种傻里傻气的神气，觉得可怜而又可笑。我们离开这里，好像已走入了平地，有一种和缓坦荡的喜悦，虽然这里距平地至少也该尚有十五里路的样子。

这时候，我们是正和一道洪流向南并进。这道洪流是汇集了北面山谷中许多道水而成的，澎澎湃湃，声如奔马，气势甚是雄壮。水从平滑石砥上流过，将石面刷洗得如同白玉一般；有时注入深潭，则成澄绿颜色，均极其好看。东面诸山，比较平铺而圆浑，令人起一种和平之感，西面诸山则挺拔入云，而又以扇子崖为最秀卓，叫人看了也觉得有些傲岸。我们也许是被那澎湃的水声所慑服了，走过很多时候都不曾言语，只是默默地望着前路进发。直到我们将要走进一个村落时，那道洪流才和我们分手自去了。这所谓村落，实在也不过两户人家，东一家，西一家，中间为两行榛树所间隔，形成一条林荫小路。榛树均生得齐楚茂密，绿蒙蒙的不见日光，人行其下，既极凉爽，又极清静，不甚远处，还可以听到那道洪流在西边呼呼地响着，于是更显得这林荫路下的清寂了。再往前进，已经走到两户人家的对面，则见豆棚瓜架，鸡鸣狗吠。男灌园，女绩麻，小孩子都脱得赤条条的，拿了破葫芦，旧铲刀，在松树荫下弄泥土玩儿。虽然两边茅舍都不怎么整齐，但上有松柏桃李覆荫，下有红白杂花点衬，茅舍南面又有一片青翠姗姗的竹林，这地方实在是一个极可人的地方。而且这里四面均极平坦，简直使人忘记是在山中，而又有着山中的妙处。昭说："这便是我们的家呀，假如住在这里，只以打柴捉鱼为生，岂不比在人间混混好得多多吗？"姑不问打柴捉鱼的有否苦处，然而这点自私的想头却也是应当原谅的吧。我们坐在人家林荫路上乘凉，简直恋恋不舍，忘记是要到扇子崖去了。

　　走出小村，经过一段仅可容足的小路，路的东边是高崖，西边是低坡，均种有菜蔬谷类，更令人有着田野中的感觉。又经过几处人家，便看见长寿桥，不数十步，便到黑龙潭了。从北面奔来的那道洪流由桥下流过，又由一个悬崖泻下，形成一条白练似的瀑布，注入下面的黑龙潭中。据云潭深无底，水通东海，故作深绿颜色。潭上悬崖岸边，有一条白色石纹，和长寿桥东西平行，因为这里非常危险，故称这条石纹为阴阳界，石纹以北，尚可立足，稍逾石纹，便可失足坠潭，无论如何，是没有方法可以救得性命的。从长寿桥西端向北，有无极庙，再折而西，便是去扇子崖的盘道了。这时候天气正热，我们也走得乏了，便到一家霍姓人家的葫芦架下去打尖。问过那里的主人，知道脚下到中天门才不过十数里，上至扇子崖也只有三四里，但因为曲折甚多，崎岖不平，比起平川大路来却应当加倍计算。

　　上得盘道，就又遇到来来往往的许多香客。缘路听香客们谈说故事，使人忘记上山的辛苦。我们走到盘道一半时，正遇到一伙下山香客，其中一个老人正说着扇子崖的故事，那老人还仿佛有些酒意，说话声音特别响亮。我们为那故事所吸引，便停下脚步听他说些什么。当然，我们是从故事中间听起的，最先听到的仿佛是这样的一句歌子："打开扇子崖，金子银子往家抬呀！"继又听他说道：

"咱们中原人怎能知道这个，这都是人家南方蛮子看出来的。早年间，一个南方蛮子来逛扇子崖，一看这座山长得灵秀，便明白里边有无数的宝贝。他想得到里边的宝贝，就是没有方法打开扇子崖的石门。凡有宝贝的地方都有石门关着，要打开石门就非有钥匙不行。那南方蛮子在满山里寻找，找了许多天，后来就找到了，是一棵棘针树，等那棘针树再长三年，就可以用它打开石门了。他想找一个人替他看守这棘针，就向一个牧童商量。那牧童答应替他看守三年。那南方蛮子答应三年之后来打开扇子崖，取出金子银子二人平分。这牧童自然很喜欢，那南方蛮子却更喜欢，因为他要得到的并非金银，金银并不是什么稀罕东西，他想得到的却是山里的金碾、玉磨、玉骆驼、金马，还有两个大闺女，这些都是那牧童不曾知道的……"仅仅听到这里，以后的话便听不清了，觉得非常可惜。我们不能为了听故事而跟人家下山，就只好快快地再向上走。然而我们也不能忘记扇子崖里的宝贝，并十分关心那牧童曾否看守住那棵棘针，那把钥匙。但据我们猜想，大概不到三年，那牧童便已忍耐不得，一定早把那树伐下去开石门了。

将近扇子崖下的天尊庙时，才遇见一个讨乞的老人。那老人哀求道："善心的老爷太太，请施舍施舍吧，这山上就只我一个人讨钱，并不比东路山上讨钱的那末多！"他既已得到了满足之后，却又对东山上讨钱的发牢骚道："唉唉，真是不讲良心的人哪，家里种着十亩田还出来讨钱，我若有半亩地时也就不再干这个了！"这是事实，东山上讨钱的随处皆是，有许多是家里过得相当富裕的，缘路讨乞，也成了一种生意。大概因为这西路山上游人较少，所以讨乞的人也就较少吧，比较起来，这里不但讨乞的人少，就是在石头上刻了无聊字句的也很少，不像东路那样，随处都可以看见些难看的文字，大都古人的还比较好些，近人的则十之八九是鄙劣不堪，不但那些字体写得不美，那意思简直就使自然减色；在石头上哭穷的也有，夸官的也有，宣传主义的也有，而罗列政纲者也在在有，至于如"某某人到此一游"之类的记载，倒并不如这些之令人生厌。在另一方面说，西路山上也并不缺少山洞的流泉和道旁的山花，虽然不如东路那样显得庄严雄伟，而一种质朴自然的特色却为东路所未有。

至于登峰造极，也正与东路无甚异样，顶上是没有什么好看的，好看处也还只在于"望远"，何况扇子崖的绝顶是没有方法可以攀登的，只到得天尊庙便算尽头了；扇子崖尚在天尊庙的上边，如一面折扇，独立无倚，高矗云霄，其好处却又必须是在山下仰望，方显出它的秀拔峻丽。从天尊庙后面一个山口中爬过，可以望扇子崖的背面，壁立千仞，形势奇险，人立其下，总觉得那矗天矗地的峭壁会向自己身上倾坠了下来似的，有凛然恐怖之感。南去一道山谷，其深其远皆不可测，据云古时有一少年，在此打柴，把所有打得的柴木都藏在这山谷中，把山谷填满了，忽然起一阵神火把满谷的柴都烧成灰烬，那少年人气愤不过，也跳到火里自焚，死后却被神仙接引了去，这就是"千日打柴一日烧"的故事。因为那里山路太险，昭又不让我一人独去，就只好作罢了。我们自天尊庙南行，去看月亮洞。

天尊庙至月亮洞不过半里。叫作月亮洞，也不知什么原因，只因为在洞内石头上题了"月亮洞"三个字，无意中便觉得这洞与月亮有了关系，说是洞，也不怎么像洞，只是在两山衔接处一个深凹的缺罅罢了。因为那地方永久不见日光，又有水滴不断地从岩石隙缝中注下，坠入一个小小水潭中，铿铿然发出清澈的声音，使这个洞中非常阴冷，隆冬积冰，至春三月犹不能尽融，却又时常生着一种阴湿植物，葱茏青翠，使洞中如绿绒绣成的一般。是不是因为有人想到了广寒宫才名之曰月亮洞的呢，这当然是我自己的推测，至于本地人，连月亮洞的名字也并不十分知道的。坐月亮洞中，看两旁陡岩平滑，如万丈屏风，也给这月亮洞添一些阴森。我们带了烧饼，原想到那里饮泉水算作午餐，不料那里却正为一伙乡下香客霸占了那个泉子，使我们无可如何。

回到天尊庙用过午餐，已是下午两点左右，再稍稍休息一会，便起始下山。

在回来的途中，才仿佛对于扇子崖有些恋恋，不断地回首顾盼。而这时候也正是扇子崖最美的时候了。太阳刚刚射过山峰的背面，前面些许阴影，把扇面弄出一种青碧颜色，并有一种淡淡的青烟，在扇面周围缭绕。那山峰屹然独立，四无凭借，走得远些，则有时为其他山峰所蔽，有时又偶一露面，真是"却扇一顾，倾城无色"，把其他山峰均显得平庸俗恶了。走得愈远，则那青碧颜色更显得深郁，而那一脉青烟也愈显得虚灵缥缈。不能登上绝顶，也不愿登上绝顶，使那不可知处更添一些神秘，相传这山里藏着什么宝贝，大概也就是因为这个了吧。道路两旁的草丛中，有许多蚂蚱振羽作响，其声如蝈蝈儿，清脆可喜。一个小孩子想去捕捉蚂蚱，却被一个老妈妈阻止住了。那老妈妈穿戴得整齐清洁，手中捧香，且念念有词，显出十分虔敬样子。这大概是那个小孩的祖母吧，她仿佛唱着佛号似的，向那孙儿说：

"不要捉哪，蚂蚱是山神的坐骑，带着辔头架着鞍呢。"

我听了非常惊奇，便对昭说："这不是很好的俳句了吗?"昭则说确是不差，蚂蚱的样子真像带着鞍辔呢。

过长寿桥，重走上那条仅可容足的小径时，那小径却变成一条小小河沟了。原来昨日大雨，石隙中流水今日方泻到这里，虽然难走，却也有趣。好容易走到那有林荫路的小村，我们又休息一回，出得小村，又到那一道洪流旁边去拱水取饮。

将近走到中天门时，已是傍晚时分，因为走得疲乏，我已经把我的约言完全忘了，昭却是记得仔细，到得那个地点时，她非要我去履行约言不行。于是在暮色苍茫中，我又去攀登山崖，结果共取得三种"宝贝"，一种是如小小金钱样的黄花，当是野菊一类，并不是什么稀罕东西，另外两种倒着实可爱：其一，是紫色铃状花，我们给它名字叫作"紫玉铃"，其二，是白色钟状花，我们给它名字叫作"银挂钟"。

回到住处，昭一面把山花插在瓶里，一面自语道：

"我终于拾到了宝贝。"

我说："这真是宝贝，玉铃银钟会叮当响。"

昭问："怎么响?"

我说："今天夜里梦中响。"

一九三六，八月，十五，泰山中天门

选自《灌木集》

开明书店 1944 年版

作家的话 ◈

　　人应当知道自己，却很难批评自己，至于自己的文章，则更没有什么值得多说。我在前已经提过，我对于自己的文章无所谓爱憎，而文章中的人物却深为我所喜爱。我并不立志要别人读我的文章，我却愿意向别人介绍我的人物。

《〈银狐集〉题记》

评论家的话 ◈

　　他是山东人，最好山东人的品性：义、诚、朴、厚，都在他身上留下影子。他不知不觉地将之投现在作品里，正好叫我们可以贴切地用上一句古语：文如其人。李广田的散文之所以摄人心魄，还在于它充满诗意。如果说他的某些诗因含有散文气息而够不上杰作的话，那么，他的散文却恰因融进了诗意而特别美丽。

梅子：《〈李广田散文选集〉序》

　　鲁迅，原名周树人，字豫才，1881 年生于浙江绍兴的官宦人家，少年时代家道中落，饱受世态炎凉。早年读严复译赫胥黎《天演论》，接受进化论思想。1902 年东渡日本留学，在仙台医学专门学校读书时认识到文艺对改造国民精神的重要性，遂弃医从文。1906 年回到东京从事文学活动，积极译介世界弱小民族的文学，并加入革命团体光复会。1909 年回国，后应蔡元培邀请到教育部任职，不久随政府迁到北京，公余边整理古籍，边思考辛亥革命的历史教训。1918 年 5 月在新文化运动高潮中发表第一篇白话小说《狂人日记》，批判封建专制制度及其精神文化，对"人吃人"的现象作了深刻思考。接着又发表《孔乙己》《药》《阿 Q 正传》《祝福》《孤独者》等，几乎每发表一篇作品就开拓一个新的小说叙事空间，后结集成《呐喊》《彷徨》出版；同时期还创作了散文诗集《野草》、散文集《朝花夕拾》

和大量的杂文，为反抗内心的绝望和虚无而进行了痛苦的精神探索，为驱除现实社会形形色色的黑暗势力而展开了不懈的战斗。这期间还整理出版了学术著作《中国小说史略》。1926年离京南下，任厦门大学文科教授，次年1月抵广州任中山大学文科主任兼教务主任。1927年因抗议国民党屠杀进步学生，愤而辞去一切职务，并在血的教训下彻底抛弃进化论，转向马克思主义。1927年10月起定居上海。曾参加中国左翼作家联盟的发起和领导工作，以杂文为武器，团结起大批追求进步的文学青年，深刻批判了国民党文化专制主义和形形色色的社会腐朽力量，成为中国现代知识分子良知的一面光辉旗帜。晚年所著的杂文集有《而已集》《二心集》《三闲集》等十多种，另有历史小说集《故事新编》，通信集《两地书》等。1936年因肺疾在上海逝世。有《鲁迅全集》16卷、《鲁迅译文集》等。

大概是明末的王思任①说的罢："会稽乃报仇雪耻之乡，非藏垢纳污之地！"这对于我们绍兴人很有光彩，我也很喜欢听到，或引用这两句话。但其实，是并不的确的；这地方，无论为那一样都可以用。

　　不过一般的绍兴人，并不像上海的"前进作家"那样憎恶报复，却也是事实。单就文艺而言，他们就在戏剧上创造了一种带复仇性的，比别的一切鬼魂更美，更强的鬼魂。这就是"女吊"。我以为绍兴有两种特色的鬼，一种是表现对于死的无可奈何，而且随随便便的"无常"②，我已经在《朝花夕拾》里得了绍介给全国读者的光荣了，这回就轮到别一种。

　　"女吊"也许是方言，翻成普通的白话，只好说是"女性的吊死鬼"。其实，在平时，说起"吊死鬼"，就已经含有"女性的"的意思的，因为投缳而死者，向来以妇人女子为最多。有一种蜘蛛，用一枝丝挂下自己的身体，悬在空中，《尔雅》上已谓之"蜆，缢女"，可见在周朝或汉朝，自缢的已经大抵是女性了，所以那时不称它为

---

　　① 　王思任（1574—1646），字季重，浙江山阴（今绍兴）人，明末官九江佥事。弘光元年（1645）清兵破南京，明朝宰相马士英逃往浙江，王思任在骂他的信中说："叛兵至则束手无措，强敌来则缩颈先逃……且欲求奔吾越；夫越乃报仇雪耻之国，非藏垢纳污之地也。"鲁王监国于绍兴，思任曾为礼部尚书，不久，绍兴城破，绝食而死。著有《文饭小品》等。
　　② 　"无常"，佛家语。原指世间一切事物都在变异灭坏的过程中；后引申为死的意思，也用以称迷信传说中的"勾魂使者"。

男性的"缢夫"或中性的"缢者"。不过一到做"大戏"或"目连戏"① 的时候，我们便能在看客的嘴里听到"女吊"的称呼。也叫作"吊神"。横死的鬼魂而得到"神"的尊号的，我还没有发现过第二位，则其受民众之爱戴也可想。但为什么这时独要称她"女吊"呢？很容易解：因为在戏台上，也要有"男吊"出现了。

我所知道的是四十年前的绍兴，那时没有达官显宦，所以未闻有专门为人（堂会?）的演剧。凡做戏，总带着一点社戏性，供着神位，是看戏的主体，人们去看，不过叨光。但"大戏"或"目连戏"所邀请的看客，范围可较广了，自然请神，而又请鬼，尤其是横死的怨鬼。所以仪式就更紧张，更严肃。一请怨鬼，仪式就格外紧张严肃，我觉得这道理是很有趣的。

也许我在别处已经写过。"大戏"和"目连"，虽然同是演给神，人，鬼看的戏文，但两者又很不同。不同之点：一在演员，前者是专门的戏子，后者则是临时集合的 Amateur② ——农民和工人；一在剧本，前者有许多种，后者却好歹总只演一本《目连救母记》。然而开场的"起殇"，中间的鬼魂时时出现，收场的好人升天，恶人落地狱，是两者都一样的。

当没有开场之前，就可看出这并非普通的社戏，为的是台两旁

---

① "大戏"和"目连戏"都是绍兴的地方戏。清代范寅《越谚》卷中说："班子：唱戏成班者，有文班、武班之别。文专唱和，名高调班；武演战斗，名乱弹班。"又说："万（按此处读'木'）莲班：此专唱万莲一出戏者，百姓为之。"高调班和乱弹班就是大戏；万莲班就是目连戏。大戏和目连戏所演的《目连救母》，内容繁简不一，但开场和收场，以及鬼魂的出现则都相同。参看《朝花夕拾·无常》和《且介亭杂文·门外文谈》第十节。

② Amateur，英语（源出拉丁语），意为业余从事文艺、科学或体育运动的人；这里用作业余演员的意思。

早已挂满了纸帽，就是高长虹①之所谓"纸糊的假冠"，是给神道和鬼魂戴的。所以凡内行人，缓缓的吃过夜饭，喝过茶，闲闲而去，只要看挂着的帽子，就能知道什么鬼神已经出现。因为这戏开场较早，"起殇"在太阳落尽时候，所以饭后去看，一定是做了好一会了，但都不是精彩的部分。"起殇"者，绍兴人现已大抵误解为"起丧"，以为就是召鬼，其实是专限于横死者的。《九歌》中的《国殇》云"身既死兮神以灵，魂魄毅兮为鬼雄"，当然连战死者在内。明社垂绝，越人起义而死者不少，至清被称为叛贼，我们就这样的一同招待他们的英灵。在薄暮中，十几匹马，站在台下了；戏子扮好一个鬼王，蓝面鳞纹，手执钢叉，还得有十几名鬼卒，则普通的孩子都可以应募。我在十余岁时候，就曾经充过这样的义勇鬼，爬上台去，说明志愿，他们就给在脸上涂上几笔彩色，交付一柄钢叉。待到有十多人了，即一拥上马，疾驰到野外的许多无主孤坟之处，环绕三匝，下马大叫，将钢叉用力的连连刺在坟墓上，然后拔叉驰回，上了前台，一同大叫一声，将钢叉一掷，钉在台板上。我们的责任，这就算完结，洗脸下台，可以回家了，但倘被父母所知，往往不免挨一顿竹篠（这是绍兴打孩子的最普通的东西），一以罚其带着鬼气，二以贺其没有跌死，但我却幸而从来没有被觉察，也许是因为得了恶鬼保佑的缘故罢。

这一种仪式，就是说，种种孤魂厉鬼，已经跟着鬼王和鬼卒，

---

① 高长虹在 1925 年 11 月 7 日《狂飙周刊》第五期上发表的《1925 北京出版界形势指掌图》中攻击鲁迅说："实际的反抗者（按指女师大学生）从哭声中被迫出校后……鲁迅遂戴其纸糊的权威者的假冠入于心身交病之状况矣！"参看《华盖集续编·所谓"思想界先驱者"鲁迅启事》。

前来和我们一同看戏了，但人们用不着担心，他们深知道理，这一夜决不丝毫作怪。于是戏文也接着开场，徐徐进行，人事之中，夹以出鬼：火烧鬼，淹死鬼，科场鬼（死在考场里的），虎伤鬼……孩子们也可以自由去扮，但这种没出息鬼，愿意去扮的并不多，看客也不将它当作一回事。一到“跳吊”时分——“跳”是动词，意义和“跳加官”① 之“跳”同——情形的松紧可就大不相同了。台上吹起悲凉的喇叭来，中央的横梁上，原有一团布，也在这时放下，长约戏台高度的五分之二。看客们都屏着气，台上就闯出一个不穿衣裤，只有一条犊鼻裈②，面施几笔粉墨的男人，他就是“男吊”。一登台，径奔悬布，像蜘蛛的死守着蛛丝，也如结网，在这上面钻，挂。他用布吊着各处：腰，胁，胯下，肘弯，腿弯，后项窝……一共七七四十九处。最后才是脖子，但是并不真套进去的，两手扳着布，将颈子一伸，就跳下，走掉了。这“男吊”最不易跳，演目连戏时，独有这一个角色须特请专门的戏子。那时的老年人告诉我，这也是最危险的时候，因为也许会招出真的“男吊”来。所以后台上一定要扮一个王灵官③，一手捏诀，一手执鞭，目不转睛的看着一面照见前台的镜子。倘镜中见有两个，那么，一个就是真鬼了，他得立刻跳出去，用鞭将假鬼打落台下。假鬼一落台，就该跑到河边，洗去粉墨，挤在人丛中看戏，然后慢慢的回家。倘打得慢，他就会

① “跳加官”，旧时在戏剧开场演出以前，常由演员一人戴面具（即“加官脸”），穿袍执笏，手里拿着写有“天官赐福”“指日高升”等吉利话的条幅，在场上回旋舞蹈，称为跳加官。

② 犊鼻裈原出《史记·司马相如传》，据南朝宋裴骃《集解》引三国吴韦昭说：“今三尺布作，形如犊鼻。”这里是指绍兴一带称为牛头裤的一种短裤。

③ 王灵官相传是北宋末年的方士；明宣宗时封为隆恩真君。据《明史·礼志》：“隆恩真君者……玉枢火府天将王灵官也。”后来道观中都奉为镇山门之神。

在戏台上吊死；洗得慢，真鬼也还会认识，跟住他。这挤在人丛中看自己所做的戏，就如要人下野而念佛，或出洋游历一样，也正是一种缺少不得的过渡仪式。

这之后，就是"跳女吊"。自然先有悲凉的喇叭；少顷，门幕一掀，她出场了。大红衫子，黑色长背心，长发蓬松，颈挂两条纸锭，垂头，垂手，弯弯曲曲的走一个全台，内行人说：这是走了一个"心"字。为什么要走"心"字呢？我不明白。我只知道她何以要穿红衫。看王充的《论衡》，知道汉朝的鬼的颜色是红的，但再看后来的文字和图画，却又并无一定颜色，而在戏文里，穿红的则只有这"吊神"。意思是很容易了然的；因为她投缳之际，准备作厉鬼以复仇，红色较有阳气，易于和生人相接近，……绍兴的妇女，至今还偶有搽粉穿红之后，这才上吊的。自然，自杀是卑怯的行为，鬼魂报仇更不合于科学，但那些都是愚妇人，连字也不认识，敢请"前进"的文学家和"战斗"的勇士们不要十分生气罢。我真怕你们要变呆鸟。

她将披着的头发向后一抖，人这才看清了脸孔：石灰一样白的圆脸，漆黑的浓眉，乌黑的眼眶，猩红的嘴唇。听说浙东的有几府的戏文里，吊神又拖着几寸长的假舌头，但在绍兴没有。不是我祖护故乡，我以为还是没有好；那么，比起现在将眼眶染成淡灰色的时式打扮来，可以说是更彻底，更可爱。不过下嘴角应该略略向上，使嘴巴成为三角形：这也不是丑模样。假使半夜之后，在薄暗中，远处隐约着一位这样的粉面朱唇，就是现在的我，也许会跑过去看看的，但自然，却未必就被诱惑得上吊。她两肩微耸，四顾，倾听，似惊，似喜，似怒，终于发出悲哀的声音，慢慢地唱道：

奴奴本是杨家女①，

呵呀，苦呀，天哪！……

下文我不知道了。就是这一句，也还是刚从克士②那里听来的。但那大略，是说后来去做童养媳，备受虐待，终于弄到投缳。唱完就听到远处的哭声，这也是一个女人，在衔冤悲泣，准备自杀。她万分惊喜，要去"讨替代"了，却不料突然跳出"男吊"来，主张应该他去讨。他们由争论而至动武，女的当然不敌，幸而王灵官虽然脸相并不漂亮，却是热烈的女权拥护家，就在危急之际出现，一鞭把男吊打死，放女的独去活动了。老年人告诉我说：古时候，是男女一样的要上吊的，自从王灵官打死了男吊神，才少有男人上吊；而且古时候，是身上有七七四十九处，都可以吊死的，自从王灵官打死了男吊神，致命处才只在脖子上。中国的鬼有些奇怪，好像是做鬼之后，也还是要死的，那时的名称，绍兴叫作"鬼里鬼"。但男吊既然早被王灵官打死，为什么现在"跳吊"，还会引出真的来呢？我不懂这道理，问问老年人，他们也讲说不明白。

而且中国的鬼还有一种坏脾气，就是"讨替代"，这才完全是利己主义；倘不然，是可以十分坦然的和他们相处的。习俗相沿，虽女吊不免，她有时也单是"讨替代"，忘记了复仇。绍兴煮饭，多用铁锅，烧的是柴或草，烟煤一厚，火力就不灵了，因此我们就常在

---

① 杨家女应为良家女。据目连戏的故事说：她幼年时父母双亡，姊母将她领给杨家做童养媳，后又被婆婆卖入妓院，终于自缢身死。在目连戏中，她的唱词是："奴奴本是良家女，将奴卖入勾栏里；生前受过王婆气，将奴逼死勾栏里。阿呀，苦呀，天哪！将奴逼死勾栏里。"

② 克士，周建人的笔名。

地上看见刮下的锅煤。但一定是散乱的，凡村姑乡妇，谁也决不肯省些力，把锅子伏在地面上，团团一刮，使烟煤落成一个黑圈子。这是因为吊神诱人的圈套，就用煤圈炼成的缘故。散掉烟煤，正是消极的抵制，不过为的是反对"讨替代"，并非因为怕她去报仇。被压迫者即使没有报复的毒心，也决无被报复的恐惧，只有明明暗暗，吸血吃肉的凶手或其帮闲们，这才赠人以"犯而勿校"或"勿念旧恶"的格言，——我到今年，也愈加看透了这些人面东西的秘密。

1936 年 9 月 19—20 日

选自《鲁迅全集》第 6 卷

人民文学出版社 1981 年版

评论家的话 ◈

中国传统社会有一种观念，认为缢死者与溺死者在"阴间"也照样不得安生，必定要自己去打替身，即"讨替代"，因此，这些死者最可怕。《绍兴目连戏》里，一个女人成了"男吊"与"女吊""讨替代"的争夺对象。让这些"缢鬼"登场的，是题为《投钗》的一场戏。因为缺少准确的台本，这里取其内容大致相同，介绍一个安徽《目连戏》的东方亮故事。

东方亮与妻子是富于慈悲心肠的财主，平日不惜施舍。一次，东方亮不在家时，两个骗子装作和尚来化缘，特地指定要妻子发上的金钗。东方亮回来后，骗子又来向他化缘，并拿出先前骗来的金钗让他看，东方亮对妻子的贞操生疑。他向妻子询问金钗在何处，果然不在妻子那里。东方亮怒而驱之，不听妻子辩解。妻子要以死来证明自己的贞操。……

《绍兴目连戏》里面，东方亮换成了董员外，他的妻子叫董院君。当知道了这个董院君想要上吊，"女吊"想终于有了替身，便千方百计施之以诱惑。舞台上的这段戏，以她俩相遇开始，以董院君将要投缳时被仆人发现，上吊未遂告终。

"讨替代"失败之后，"女吊"便感叹自己的命运，以誓要向"鸨妈"（妓院女主人）复仇，这一折戏叫《自叹》。她的花名叫玉芙蓉，早年父母双亡，因无钱安葬而卖身于妓院，受尽了嫖客与"鸨妈"的屈辱性的折磨，遂以投缳了结一生。"女吊"大红衫子，黑色长背心，灰白的脸，漆黑的眉，乌黑的眼眶，猩红的嘴唇，长发蓬松，垂头，垂手，两肩微耸，在舞台上旋风似的走出一个"心"字，站住，扬脸，含悲唱出激愤的唱词。鲁迅称道"女吊"是绍兴人所创造的比别的一切"鬼魂"更美、更强的复仇的"鬼魂"，虽然他为"利己主义"的"讨替代"遗憾不已。今天的"绍兴戏"剧目《女吊》则专门表现玉芙蓉的悲哀与愤怒凝结为复仇精神，升华为精粹的"鬼魂"之美。

九尾常喜：《"人"与"鬼"的纠葛》

老 舍

在烈日和暴雨下（《骆驼祥子》节选）

老舍，原名舒庆春，字舍予。1899 年生于北京，满族。自幼贫困，1918 年从北京师范学校毕业后，担任过小学校长等职。1924 年夏赴英国伦敦大学讲授汉语，并开始创作小说。写有《老张的哲学》《赵子曰》《二马》三部长篇，以可笑的北京市民生活和纯熟的京片子语言赢得文坛的关注。1929 年离英返国时，滞留新加坡半年，创作了长篇童话《小坡的生日》。1930 年回国后，一边在齐鲁大学等校教书，一边创作小说，直到 1936 年辞去教职，专心从事创作。这期间几乎每年写出一部长篇或短篇小说集，均以鲜明的语言风格见长，代表作有《离婚》《猫城记》《骆驼祥子》《我这一辈子》《月牙儿》《断魂枪》等，其中《骆驼祥子》为新文学运动以来的优秀长篇小说之一。抗战爆发后，主持中华文艺界抗敌协会的工作，积极从事抗日宣传活动，并写作了大量的剧本、小说和民间通俗曲艺。较著名的有长篇小说《四世同堂》第一、二部。1946 年 3 月，应美国国务院邀请赴美讲学一年。期满后，继续留在美国从事创作，完成了《四世同堂》第三部及长篇小说《鼓书艺人》等作品。1949 年底回到北京，曾任北京市文联主席等职。创作了许多表现新的北京市民社会的话剧剧本，其中较优秀的有《龙须沟》《茶馆》等。1951 年，北京市人民政府授予他"人民艺术家"的光荣称号。晚年写作自传体小说《正红旗下》，未完成即遭逢"文化大革命"，在遭到人身侮辱的情况下，于 1966 年投湖自杀。

《骆驼祥子》最初连载于《宇宙风》第 25 期（1936 年 9 月）至第 48 期（1937 年 10 月），由人间书屋 1939 年初版。小说以 20 世纪 20 年代末北京市民生活为背景，真实地描绘了人力车夫祥子的悲惨命运。祥子来自农村，因破产无法生活流落到城市，当了人力车夫。年轻力壮的他像骆驼一样勤苦耐劳，幻想着买一辆车自己拉，过自食其力的生活。三年的血汗好不容易换来了一辆洋车，但没多久，连人带车被乱兵掳去，后来好不容易积了点钱想买车，又被孙侦探敲诈勒索掠走了。理想一次又一次地破灭了。后来，祥子无奈地和车行老板刘四的女儿虎妞成婚。虎妞用私房钱给他买了一辆车，却让他在心理上蒙受了屈辱，而且很快又不得不卖掉车以料理难产而死的虎妞的丧事。他所喜爱的小福子自杀，终于使他丧失了对生活的任何企求和信心，走向了堕落。本文节选自《骆驼祥子》第十八、十九两章，写的是祥子如何在天灾人祸中挣扎、失败的过程。标题由编者所加。

到了六月，大杂院里在白天简直没什么人声。孩子们抓早儿提着破筐去拾所能拾到的东西；到了九点，毒花花的太阳已要将他们的瘦脊背晒裂，只好拿回来所拾得的东西，吃些大人所能给他们的食物。然后，大一点的要是能找到世界上最小的资本，便去连买带拾，凑些冰核去卖。若找不到这点资本，便结伴出城到护城河里去洗澡，顺手儿在车站上偷几块煤，或捉些蜻蜓与知了儿卖与那富贵人家的小儿。那小些的，不敢往远处跑，都到门外有树的地方，拾槐虫，挖"金钢"①什么的去玩。孩子都出去，男人也都出去，妇女们都赤了背在屋中，谁也不肯出来；不是怕难看，而是因为院中的地已经晒得烫脚。

直到太阳快落，男人与孩子们才陆续的回来，这时候院中有了墙影与一些凉风，而屋里圈着一天的热气，像些火笼；大家都在院中坐着，等着妇女们做饭。此刻，院中非常的热闹，好像是个没有货物的集市。大家都受了一天的热，红着眼珠，没有好脾气；肚子又饿，更个个急赤白脸。一句话不对路，有的便要打孩子，有的便要打老婆；即使打不起来，也骂个痛快。这样闹哄，一直到大家都吃过饭。小孩有的躺在院中便睡去，有的到街上去撒欢②。大人们吃饱之后，脾气和平了许多，爱说话的才三五成团，说起一天的辛苦。

① 金钢，即槐虫的蛹。
② 撒欢，本来是指动物欢奔乱跑，也用来说小孩子这种动作。

那吃不上饭的，当已无处去当，卖已无处去卖——即使有东西可当或卖——因为天色已黑上来。男的不管屋中怎样的热，一头扎在炕上，一声不出，也许大声的叫骂。女的含着泪向大家去通融，不定碰多少钉子，才借到一张二十枚的破纸票。攥着这张宝贝票子，她出去弄点杂合面来，勾一锅粥给大家吃。

虎妞与小福子不在这个生活秩序中。虎妞有了孕，这回是真的。祥子清早就出去，她总得到八九点钟才起来；怀孕不宜多运动是传统的错谬信仰，虎妞既相信这个，而且要借此表示出一些身份：大家都得早早的起来操作，唯有她可以安闲自在的爱躺到什么时候就躺到什么时候。到了晚上，她拿着个小板凳到街门外有风的地方去坐着，直到院中的人差不多都睡了才进来，她不屑于和大家闲谈。

小福子也起得晚，可是她另有理由。她怕院中那些男人们斜着眼看她，所以等他们都走净，才敢出屋门。白天，她不是找虎妞来，便是出去走走，因为她的广告便是她自己。晚上，为躲着院中人的注目，她又出去在街上转，约莫着大家都躺下，她才偷偷的溜进来。

在男人里，祥子与二强子是例外。祥子怕进这个大院，更怕往屋里走。院里众人的穷说，使他心里闹得慌，他愿意找个清静的地方独自坐着。屋里呢，他越来越觉得虎妞像个母老虎。小屋里是那么热，憋气，再添上那个老虎，他一进去就仿佛要出不来气。前些日子，他没法不早回来，为是省得虎妞吵嚷着跟他闹。近来，有小福子做伴儿，她不甚管束他了，他就晚回来一些。

二强子呢，近年几乎不大回家来了。他晓得女儿的营业，没脸进那个街门。但是他没法拦阻她，他知道自己没力量养活着儿女们。他只好不再回来，作为眼不见心不烦。有时候他恨女儿，假若小福

112

子是个男的，管保不用这样出丑；既是个女胎，干吗投到他这里来！有时候他可怜女儿，女儿是卖身养着两个弟弟！恨吧疼吧，他没办法。赶到他喝了酒，而手里没了钱，他不恨了，也不可怜了，他回来跟她要钱。在这种时候，他看女儿是个会挣钱的东西，他是作爸爸的，跟她要钱是名正言顺。这时候他也想起体面来：大家不是轻看小福子吗，她的爸爸也没饶了她呀，他逼着她拿钱，而且骂骂咧咧，似乎是骂给大家听——二强子没有错儿，小福子天生的不要脸。

他吵，小福子连大气也不出。倒是虎妞一半骂一半劝，把他对付走，自然他手里得多少拿去点钱。这种钱只许他再去喝酒，因为他要是清醒着看见它们，他就会去跳河或上吊。

六月十五那天，天热得发了狂。太阳刚一出来，地上已像下了火。一些似云非云，似雾非雾的灰气低低的浮在空中，使人觉得憋气儿。一点风也没有。祥子在院中看了看那灰红的天，打算去拉晚儿——过下午四点再出去；假若挣不上钱的话，他可以一直拉到天亮；夜间无论怎样也比白天好受一些。

虎妞催着他出去，怕他在家里碍事，万一小福子拉来个客人呢。"你当在家里就好受哪？屋子里一到晌午连墙都是烫的！"

他一声没出，喝了瓢凉水，走了出去。

街上的柳树，像病了似的，叶子挂着层灰土在枝上打着卷；枝条一动也懒得动的，无精打采的低垂着。马路上一个水点也没有，干巴巴的发着些白光。便道上尘土飞起多高，与天上的灰气连接起来，结成一片毒恶的灰沙阵，烫着行人的脸。处处干燥，处处烫手，处处憋闷，整个的老城像烧透的砖窑，使人喘不出气。狗趴在地上吐出红舌头，骡马的鼻孔张得特别的大，小贩们不敢吆喝，柏油路化开；甚至于铺户门前的铜牌也好像要被晒化。街上异常的清静，只有铜铁铺里发出使人焦躁的一些单调的叮叮当当。拉车的人们，明知不活动便没有饭吃，也懒得去张罗买卖：有的把车放在有些阴凉的地方，支起车棚，坐在车上打盹；有的钻进小茶馆去喝茶；有的根本没拉出车来，而来到街上看看，看看有没有出车的可能。那些拉着买卖的，即使是最漂亮的小伙子，也居然甘于丢脸，不敢再跑，只低着头慢慢的走。每一个井台都成了他们的救星，不管刚拉了几步，见井就奔过去；赶不上新汲的水，便和驴马们同在水槽里灌一大气。还有的，因为中了暑，或是发痧，走着走着，一头栽在地上，永不起来。

连祥子都有些胆怯了！拉着空车走了几步，他觉出由脸到脚都被热气围着，连手背上都流了汗。可是，见了座儿，他还想拉，以为跑起来也许倒能有点风。他拉上了个买卖，把车拉起来，他才晓得天气的厉害已经到了不允许任何人工作的程度。一跑，便喘不过气来，而且嘴唇发焦，明知心里不渴，也见水就想喝。不跑呢，那毒花花的太阳把手和脊背都要晒裂。好歹的拉到了地方，他的裤褂全裹在了身上。拿起芭蕉扇扇扇，没用，风是热的。他已经不知喝了几气凉水，可是又跑到茶馆去。两壶热茶喝下去，他心里安静了些。茶由口中进去，汗马上由身上出来，好像身上已是空膛的，不会再藏储一点水分。他不敢再动了。

坐了好久，他心中腻烦了。既不敢出去，又没事可做，他觉得天气仿佛成心跟他过不去。不，他不能服软。他拉车不止一天了，夏天这也不是头一遭，他不能就这么白白的"泡"一天。想出去，可是腿真懒得动，身上非常的软，好像洗澡没洗痛快那样，汗虽出了不少，而心里还不畅快。又坐了会儿，他再也坐不住了，反正坐着也是出汗，不如爽性出去试试。

一出来，才晓得自己的错误。天上那层灰气已散，不甚憋闷了，可是阳光也更厉害了许多：没人敢抬头看太阳在哪里，只觉得到处都闪眼，空中，屋顶上，墙壁上，地上，都白亮亮的，白里透着点红；由上至下整个的像一面极大的火镜，每一条光都像火镜的焦点，晒得东西要发火。在这个白光里，每一个颜色都刺目，每一个声响都难听，每一种气味都混含着由地上蒸发出来的腥臭。街上仿佛已没了人，道路好像忽然加宽了许多，空旷而没有一点凉气，白花花的令人害怕。祥子不知怎么是好了，低着头，拉着车，极慢的往前走，没有主意，没有目的，昏昏沉沉的，身上挂着一层黏汗，发着馊臭的味儿。走了会儿，脚心和鞋袜粘在一块，好像踩着块湿泥，非常的难过。本来不想再喝水，可是见了井不由的又过去灌了一气，不为解渴，似乎专为享受井水那点凉气，由口腔到胃中，忽然凉了一下，身上的毛孔猛的一收缩，打个冷战，非常舒服。喝完，他连连的打嗝，水要往上漾！

走一会儿，坐一会儿，他始终懒得张罗买卖。一直到了正午，他还觉不出饿来。想去照例的吃点什么，看见食物就要恶心。胃里差不多装满了各样的水，有时候里面会轻轻的响，像骡马似的喝完水肚子里咣咣咣的响动。

拿冬与夏相比，祥子总以为冬天更可怕。他没想到过夏天会这么难受。在城里过了不止一夏了，他不记得这么热过。是天气比往年热呢，还是自己的身体虚呢？这么一想，他忽然的不那么昏昏沉沉的了，心中仿佛凉了一下。自己的身体，是的，自己的身体不行

115

了！他害了怕，可是没办法。他没法赶走虎妞，他将要变成二强子①，变成那回遇见的那个高个子，变成小马儿的祖父。祥子完了！

正在午后一点的时候，他又拉上个买卖。这是一天里最热的时候，又赶上这一夏里最热的一天，可是他决定去跑一趟。他不管太阳下是怎样的热了：假若拉完一趟而并不怎样呢，那就证明自己的身子并没坏；设若拉不下来这个买卖呢，那还有什么可说的，一个跟头栽死在那发着火的地上也好！

刚走了几步，他觉到一点凉风，就像在极热的屋里由门缝进来一点凉气似的。他不敢相信自己；看看路旁的柳枝，的确是微微的动了两下。街上突然加多了人，铺户中的人争着往外跑，都攥着把蒲扇遮着头，四下里找："有了凉风！有了凉风！凉风下来了！"大家几乎要跳起来嚷着。路旁的柳树忽然变成了天使似的，传达着上天的消息："柳条儿动了！老天爷，多赏点凉风吧！"

还是热，心里可镇定多了，凉风——即使是一点点——给了人们许多希望。几阵凉风过去，阳光不那么强了，一阵亮，一阵稍暗，仿佛有片飞沙在上面浮动似的。风忽然大起来，那半天没有动作的柳条像猛的得到什么可喜的事，飘洒的摇摆，枝条都像长出一截儿来。一阵风过去，天暗起来，灰尘全飞到半空。尘土落下一些，北面的天边见了墨似的乌云。祥子身上没了汗，向北边看了一眼，把车停住，上了雨布，他晓得夏天的雨是说来就来，不容工夫的。

刚上好了雨布，又是一阵风，黑云滚似的已遮黑半边天。地上

---

① 二强子即小福子的父亲，连同下句所提到的高个子，小马儿的祖父，都是拉了一辈子洋车，结果落了个衰老穷困的悲惨下场。

的热气与凉风掺和起来，夹杂着腥臊的干土，似凉又热；南边的半个天响晴白日，北边的半个天乌云如墨，仿佛有什么大难来临，一切都惊慌失措。车夫急着上雨布，铺户忙着收幌子，小贩们慌手忙脚的收拾摊子，行路的加紧往前奔。又一阵风。风过去，街上的幌子，小摊与行人，仿佛都被风卷了走，全不见了，只剩下柳枝随着风狂舞。

云还没铺满了天，地上已经很黑，极亮极热的晴午忽然变成黑夜了似的。风带着雨星，像在地上寻找什么似的，东一头西一头的乱撞。北边远处一个红闪，像把黑云掀开一块，露出一大片血似的。风小了，可是利飕有劲，使人颤抖。一阵这样的风过去，一切都不知怎好似的，连柳树都惊疑不定的等着点什么。又一个闪，正在头上，白亮亮的雨点紧跟着落下来，极硬的砸起许多尘土，土里微带着雨气。大雨点砸在祥子的背上几个，他哆嗦了两下。雨点停了，黑云铺匀了满天。又一阵风，比以前的更厉害，柳枝横着飞，尘土往四下里走，雨道往下落；风，土，雨，混在一处，连成一片，横着竖着都灰茫茫，冷飕飕，一切的东西都被裹在里面，辨不清哪是树，哪是地，哪是云，四面八方全乱，全响，全迷糊。风过去了，只剩下直的雨道，扯天扯地的垂落，看不清一条条的，只是那么一片，一阵，地上射起了无数的箭头，房屋上落下万千条瀑布。几分钟，天地已分不开，空中的河往下落，地上的河横着流，成了一个灰暗昏黄，有时又白亮亮的，一个水世界。

祥子的衣服早已湿透，全身没有一点干松地方；隔着草帽，他的头发已经全湿。地上的水过了脚面，已经很难迈步；上面的雨直砸着他的头与背，横扫着他的脸，裹着他的裆。他不能抬头，不能睁眼，不能呼吸，不能迈步。他像要立定在水中，不知道哪是路，不晓得前后左右都有什么，只觉得透骨凉的水往身上各处浇。他什么也不知道了，只心中茫茫的有点热气，耳旁有一片雨声。他要把车放下，但是不知放在哪里好。想跑，水裹住他的腿。他就那么半死半活的，低着头一步一步的往前曳。坐车的仿佛死在了车上，一声不出的任着车夫在水里挣命。

雨小了些，祥子微微直了直脊背，吐出一口气："先生，避避再走吧！"

"快走！你把我扔在这儿算怎回事?!"坐车的跺着脚喊。

祥子真想硬把车放下，去找个地方避一避。可是，看看身上，已经全往下流水，他知道一站住就会哆嗦成一团。他咬上了牙，蹚着水不管高低深浅的跑起来。刚跑出不远，天黑了一阵，紧跟着一亮，雨又迷住他的眼。

拉到了，坐车的连一个铜板也没多给。祥子没说什么，他已顾不过命来。

雨住一会儿，又下一阵儿，比以前小了许多。祥子一气跑回了家。抱着火，烤了一阵，他哆嗦得像风雨中的树叶。虎妞给他冲了碗姜糖水，他傻子似的抱着碗一气喝完。喝完，他钻了被窝，什么也不知道了，似睡非睡的，耳中刷刷的一片雨声。

到四点多钟，黑云开始显出疲乏来，绵软无力的打着不甚红的闪。一会儿，西边的云裂开，黑的云峰镶上金黄的边，一些白气在云下奔走；闪都到南边去，曳着几声不甚响亮的雷。又待了一会儿，西边的云缝露出来阳光，把带着雨水的树叶照成一片金绿。东边天上挂着一双七色的虹，两头插在黑云里，桥背顶着一块青天。虹不久消散了，天上已没有一块黑云，洗过了的蓝空与洗过了的一切，像由黑暗里刚生出一个新的，清凉的，美丽的世界。连大杂院里的水坑上也来了几个各色的蜻蜓。

可是，除了孩子们赤着脚追逐那些蜻蜓，杂院里的人们并顾不得欣赏这雨后的晴天。小福子屋的后檐墙塌了一块，姐儿三个忙着把炕席揭起来，堵住窟窿。院墙塌了好几处，大家没工夫去管，只顾了收拾自己的屋里：有的台阶太矮，水已灌到屋中，大家七手八脚的拿着簸箕破碗往外淘水。有的倒了山墙，设法去填堵。有的屋顶漏得像个喷壶，把东西全淋湿，忙着往出搬运，放在炉旁去烤，或搁在窗台上去晒。在正下雨的时候，大家躲在那随时可以塌倒而把他们活埋了的屋中，把命交给了老天；雨后，他们算计着，收拾着那些损失；虽然大雨过去，一斤粮食也许落一半个铜子，可是他们的损失不是这个所能补偿的。他们花着房钱，可是永远没人来修补房子；除非塌得无法再住人，才来一两个泥水匠，用些素泥碎砖稀松的堵砌上——预备着再塌。房钱交不上，全家便被撵出去，而且扣了东西。房子破，房子可以砸死人，没人管。他们那点钱，只能租这样的屋子；破，危险，都活该！

最大的损失是被雨水激病。他们连孩子带大人都一天到晚在街上找生意，而夏天的暴雨随时能浇在他们的头上。他们都是卖力气挣钱，老是一身热汗，而北方的暴雨是那么急，那么凉，有时夹着核桃大的冰雹；冰凉的雨点，打在那开张着的汗毛眼上，至少教他们躺在炕上，发一两天烧。孩子病了，没钱买药；一场雨，催高了田中的老玉米与高粱，可是也能浇死不少城里的贫苦儿女。大人们病了，就更了不得；雨后，诗人们吟咏着荷珠与双虹；穷人家，大人病了，便全家挨了饿。一场雨，也许多添几个妓女或小贼，多有些人下到监狱去；大人病了，儿女们做贼做娟也比饿着强！雨下给富人，也下给穷人；下给义人，也下给不义的人。其实，雨并不公道，因为下落在一个没有公道的世界上。

祥子病了。大杂院里的病人并不止于他一个。

祥子昏昏沉沉的睡了两昼夜，虎妞着了慌。到娘娘庙，她求了个神方：一点香灰之外，还有两三味草药。给他灌下去，他的确睁开眼看了看，可是待了一会儿又睡着了，嘴里叽叽咕咕的不晓得说了些什么。虎妞这才想起去请大夫。扎了两针，服了剂药，他清醒过来，一睁眼便问："还下雨吗？"

第二剂药煎好，他不肯吃。既心疼钱，又恨自己这样的不济，居然会被一场雨给激病，他不肯喝那碗苦汁子。为证明他用不着吃药，他想马上穿起衣裳就下地。可是刚一坐起来，他的头像有块大石头赘着，脖子一软，眼前冒了金花，他又倒下了。什么也无须说了，他接过碗来，把药吞下去。

他躺了十天。越躺着越起急，有时候他趴在枕头上，有泪无声的哭。他知道自己不能去挣钱，那么一切花费就都得由虎妞往外垫；多咱把她的钱垫完，多咱便全仗着他的一辆车子；凭虎妞的爱花爱吃，他供给不起，况且她还有了孕呢！越起不来越爱胡思乱想，越想越愁得慌，病也就越不容易好。

刚顾过命来，他就问虎妞："车呢？"

"放心吧，赁给丁四拉着呢！"

"啊！"他不放心他的车，唯恐被丁四，或任何人，给拉坏。可是自己既不能下地，当然得赁出去，还能闲着吗？他心里计算：自己拉，每天好歹一背拉①总有五六毛钱的进项。房钱，煤米柴炭，灯油茶水，还先别算添衣服，也就将够两个人用的，还得处处抠搜②，不能像虎妞那么满不在乎。现在，每天只进一毛多钱的车租，得干赔上四五毛，还不算吃药。假若病老不好，该怎办呢？是的，不怪二强子喝酒，不怪那些苦朋友们胡作非为，拉车这条路是死路！不管你怎样卖力气，要强，你可就别成家，别生病，别出一点岔儿。哼！他想起来，自己的头一辆车，自己攒下的那点钱，又招谁惹谁了？不因生病，也不是为成家，就那么无情无理的丢了！好也不行，歹也不行，这条路上只有死亡，而且说不定哪时就来到，自己一点也不晓得。想到这里，由忧愁改为颓废，嗐，干它的去，起不来就躺着，反正是那么回事！他什么也不想了，静静的躺着。不久他又忍不下去了，想马上起来，还得去苦奔；道路是死的，人心是活的，在入棺材以前总是不断的希望着。可是，他立不起来。只好无聊的，乞怜的，要向虎妞说几句话：

"我说那辆车不吉祥，真不吉祥！"

"养你的病吧！老说车，车迷！"

他没再说什么。对了，自己是车迷！自从一拉车，便相信车是一切，敢情……

病刚轻了些，他下了地。对着镜子看了看。他不认得镜中的人了：满脸胡子拉碴，太阳与腮都瘪进去，眼是两个深坑，那块疤上有好多皱纹！屋里非常的热闷，他不敢到院中去，一来是腿软得像

---

① 背拉，即平均。
② 抠搜，即俭省。

没了骨头，二来是怕被人家看见他。不但在这个院里，就是东西城各车口上，谁不知道祥子是头顶头的①棒小伙子。祥子不能就是这个样的病鬼！他不肯出去。在屋里，又憋闷得慌。他恨不能一口吃壮起来，好出去拉车。可是，病是毁人的，它的来去全由着它自己。

歇了有一个月，他不管病完全好了没有，就拉上车。把帽子戴得极低，为是教人认不出来他，好可以缓着劲儿跑。"祥子"与"快"是分不开的，他不能大模大样的慢慢蹭，教人家看不起。

身子本来没好利落，又贪着多拉几号，好补上病中的亏空，拉了几天，病又回来了。这回添上了痢疾。他急得抽自己的嘴巴，没用，肚皮似乎已挨着了腰，还泻。好容易痢疾止住了，他的腿连蹲下再起来都费劲，不用说想去跑一阵了。他又歇了一个月！他晓得虎妞手中的钱大概快垫完了！

到八月十五，他决定出车；这回要是再病了，他起了誓，他就去跳河！

在他第一次病中，小福子时常过来看看。祥子的嘴一向干不过虎妞，而心中又是那么憋闷，所以有时候就和小福子说几句。这个，招翻了虎妞。祥子不在家，小福子是好朋友；祥子在家，小福子就不是，按照虎妞的想法，"来吊棒②！好不要脸！"她力逼着小福子还上欠着她的钱，"从此以后，不准再进来！"

小福子失去了招待客人的地方，而自己的屋里又是那么破烂——炕席堵着后檐墙，她无可如何，只得到"转运公司"③去报

①　头顶头的，即第一等的。
②　吊棒，下流话，即调情。
③　给暗娼介绍生意的地方。

名。可是，"转运公司"并不需要她这样的货。人家是介绍"女学生"与"大家闺秀"的，门路高，用钱大，不要她这样的平凡人物。她没了办法。想去下窑子，既然没有本钱，不能混自家的买卖，当然得押给班儿里。但是，这样办就完全失去自由，谁照应着两个弟弟呢？死是最简单容易的事，活着已经是在地狱里。她不怕死，可也不想死，因为她要做些比死更勇敢更伟大的事。她要看着两个弟弟都能挣上钱，再死也就放心了。自己早晚是一死，但须死一个而救活了俩！想来想去，她只有一条路可走：贱卖。肯进她那间小屋的当然不肯出大价钱，好吧，谁来也好吧，给个钱就行。这样，倒省了衣裳与脂粉；来找她的并不敢希望她打扮得怎么够格局，他们是按钱数取乐的；她年纪很轻，已经是个便宜了。

　　虎妞的身子已不大方便，连上街买趟东西都怕有些闪失，而祥子一走就是一天，小福子又不肯过来，她寂寞得像个被拴在屋里的狗。越寂寞越恨，她以为小福子的减价出售是故意的气她。她才不能吃这个瘪子①：坐在外间屋，敞开门，她等着。有人往小福子屋走，她便扯着嗓子说闲话，教他们难堪，也教小福子吃不住。小福子的客人少了，她高了兴。

　　小福子晓得这么下去，全院的人慢慢就会都响应虎妞，而把自己撵出去。她只是害怕，不敢生气，落到她这步田地的人晓得把事实放在气和泪的前边。她带着小弟弟过来，给虎妞下了一跪。什么也没说，可是神色也带出来：这一跪要还不行的话，她自己不怕死，谁可也别想活着！最伟大的牺牲是忍辱，最伟大的忍辱是预备反抗。

----

　　① 吃瘪子，即受窘，作难。

虎妞倒没了主意。怎想怎不是味儿，可是带着那么个大肚子，她不敢去打架。武的既拿不出来，只好给自己个台阶：她是逗着小福子玩呢，谁想弄假成真，小福子的心眼太死。这样解释开，她们又成了好友，她照旧给小福子维持一切。

　　自从中秋出车，祥子处处加了谨慎，两场病教他明白了自己并不是铁打的。多挣钱的雄心并没完全忘掉，可是屡次的打击使他认清楚了个人的力量是多么微弱；好汉到时候非咬牙不可，但咬上牙也会吐了血！痢疾虽然已好，他的肚子可时时的还疼一阵。有时候腿脚正好蹓开了，想试着步儿加点速度，肚子里绳绞似的一拧，他缓了步，甚至于忽然收住脚，低着头，缩着肚子，强忍一会儿。独自拉着座儿还好办，赶上拉帮儿车的时候，他猛孤仃的收住步，使大家莫名其妙，而他自己非常的难堪。自己才二十多岁，已经这么闹笑话，赶到三四十岁的时候，应当怎样呢？这么一想，他轰的一下冒了汗！

　　为自己的身体，他很愿再去拉包车。到底是一工儿活有个缓气的时候；跑的时候要快，可是休息的工夫也长，总比拉散座儿轻闲。他可也准知道，虎妞绝对不会放手他，成了家便没了自由，而虎妞又是特别的厉害。他认了背运。

　　半年来的，由秋而冬，他就那么一半对付，一半挣扎，不敢大意，也不敢偷懒，心中憋憋闷闷的，低着头苦奔。低着头，他不敢再像原先那么愣葱似的，什么也不在乎了。至于挣钱，他还是比一般的车夫多挣着些。除非他的肚子正绞着疼，他总不肯空放走一个买卖，该拉就拉，他始终没染上恶习。什么故意的绷大价，什么中途倒车，什么死等好座儿，他都没学会。这样，他多受了累，可是

124

天天准进钱。他不取巧，所以也就没有危险。

可是，钱进得太少，并不能剩下。左手进来，右手出去，一天一个干净。他连攒钱都想也不敢想了。他知道怎样省着，虎妞可会花呢。虎妞的"月子"① 是转过年二月初的。自从一入冬，她的怀已显了形，而且爱故意的往外腆着，好显出自己的重要。看着自己的肚子，她简直连炕也懒得下。做菜做饭全托付给了小福子，自然那些剩汤腊水的就得教小福子拿去给弟弟们吃。这个，就费了许多。饭菜而外，她还得吃零食，肚子越显形，她就觉得越须多吃好东西；不能亏着嘴。她不但随时的买零七八碎的，而且嘱咐祥子每天给她带回点儿来。祥子挣多少，她花多少，她的要求随着他的钱涨落。祥子不能说什么。他病着的时候，花了她的钱，那么一还一报，他当然也得给她花。祥子稍微紧一紧手，她马上会生病，"怀孕就是害九个多月的病，你懂得什么？"她说的也是真话。

到过新年的时候，她的主意就更多了。她自己动不了窝，便派小福子一趟八趟的去买东西。她恨自己出不去，又疼爱自己而不肯出去，不出去又憋闷得慌，所以只好多买些东西来看着还舒服些。她口口声声不是为她自己买而是心疼祥子："你苦奔了一年，还不吃一口哪？自从病后，你就没十分足壮起来；到年底下还不吃，等饿得像个瘪臭虫哪？"祥子不便辩驳，也不会辩驳；及至把东西做好，她一吃便是两三大碗。吃完，又没有运动，她撑着慌，抱着肚子一定说是犯了胎气！

过了年，她无论如何也不准祥子在晚间出去，她不定哪时就生

---

① 妇女生产，习惯上须休息一个月，俗称"坐月子"。

养，她害怕。这时候，她才想起自己的实在岁数来，虽然还不肯明说，可是再也不对他讲"我只比你大'一点'了"。她这么闹哄，祥子迷了头。生命的延续不过是生儿养女，祥子心里不由得有点喜欢，即使一点也不需要一个小孩，可是那个将来到自己身上，最简单而最玄妙的"爸"字，使铁心的人也得要闭上眼想一想，无论怎么想，这个字总是动心的。祥子，笨手笨脚的，想不到自己有什么好处和可自傲的地方；一想到这个奇妙的字，他忽然觉出自己的尊贵，仿佛没有什么也没关系，只要有了小孩，生命便不会是个空的。同时，他想对虎妞尽自己所能的去供给，去伺候，她现在已不是"一"个人；即使她很讨厌，可是在这件事上她有一百成的功劳。不过，无论她有多么大的功劳，她的闹腾劲儿可也真没法受。她一会儿一个主意，见神见鬼的乱哄，而祥子必须出去挣钱，需要休息，即使钱可以乱花，他总得安安顿顿的睡一夜，好到明天再去苦曳。她不准他晚上出去，也不准他好好的睡觉，他一点主意也没有，成天际晕晕忽忽的，不知怎样才好。有时候欣喜，有时候着急，有时候烦闷，有时候为欣喜而又要惭愧，有时候为着急而又要自慰，有时候为烦闷而又要欣喜，感情在他心中绕着圆圈，把个最简单的人闹得不知道了东西南北。有一回，他竟自把座儿拉过了地方，忘了人家雇到哪里！

　　灯节左右，虎妞决定教祥子去请收生婆，她已支持不住。收生婆来到，告诉她还不到时候，并且说了些要临盆时的征象。她忍了两天，就又闹腾起来。把收生婆又请了来，还是不到时候。她哭着喊着要去寻死，不能再受这个折磨。祥子一点办法没有，为表明自己尽心，只好依了她的要求，暂不去拉车。

一直闹到月底，连祥子也看出来，这是真到了时候，她已经不像人样了。收生婆又来到，给祥子一点暗示，恐怕要难产。虎妞的岁数，这又是头胎，平日缺乏运动，而胎又很大，因为孕期里贪吃油腻；这几项合起来，打算顺顺当当的生产是希望不到的。况且一向没经过医生检查过，胎的部位并没有矫正过；收生婆没有这份手术，可是会说：就怕是横生逆产呀！

　　在这杂院里，小孩的生与母亲的死已被大家习惯的并为一谈。可是虎妞比别人都更多着些危险，别个妇人都是一直到临盆那一天还操作活动，而且吃得不足，胎不会很大，所以倒能容易生产。她们的危险是在产后的失调，而虎妞却与她们正相反。她的优越正是她的祸患。

　　祥子，小福子，收生婆，连着守了她三天三夜。她把一切的神佛都喊到了，并且许下多少誓愿，都没有用。最后，她嗓子已哑，只低唤着"妈哟！妈哟！"收生婆没办法，大家都没办法，还是她自己出的主意，教祥子到德胜门外去请陈二奶奶——顶着一位虾蟆大仙。陈二奶奶非五块钱不来，虎妞拿出最后的七八块钱来："好祥子，快快去吧！花钱不要紧！等我好了，我乖乖的跟你过日子！快去吧！"

　　陈二奶奶带着"童儿"——四十来岁的一位黄脸大汉——快到掌灯的时候才来到。她有五十来岁，穿着蓝绸子袄，头上戴着红石榴花，和全份的镀金首饰。眼睛直勾勾的，进门先净了手，而后上了香；她自己先磕了头，然后坐在香案后面，呆呆的看着香苗。忽然连身子都一摇动，打了个极大的冷战，垂下头，闭上眼，半天没动静。屋中连落个针都可以听到，虎妞也咬上牙不敢出声。慢慢的，陈二奶奶抬起头来，点着头看了看大家；"童儿"扯了扯祥子，教他赶紧磕头。祥子不知道自己信神不信，只觉得磕头总不会出错儿。迷迷糊糊的，他不晓得磕了几个头。立起来，他看着那对直勾勾的"神"眼，和那烧透了的红亮香苗，闻着香烟的味道，心中渺茫的希望着这个阵势里会有些好处，呆呆的，他手心上出着凉汗。

虾蟆大仙说话老声老气的，而且有些结巴："不，不，不要紧！画道催，催，催生符！"

"童儿"急忙递过黄绵纸，大仙在香苗上抓上几抓，而后沾着吐沫在纸上面。

画完符，她又结结巴巴的说了几句：大概的意思是虎妞前世里欠这孩子的债，所以得受些折磨。祥子晕头打脑的没甚听明白，可是有些害怕。

陈二奶奶打了个长大的哈欠，闭目愣了会儿，仿佛是大梦初醒的样子睁开了眼。"童儿"赶紧报告大仙的言语。她似乎很喜欢："今天大仙高兴，爱说话！"然后她指导着祥子怎样教虎妞喝下那道神符，并且给她一丸药，和神符一同服下去。

陈二奶奶热心的等着看看神符的效验，所以祥子得给她预备点饭。祥子把这个托付给小福子去办。小福子给买来热芝麻酱烧饼和酱肘子；陈二奶奶还嫌没有盅酒吃。

虎妞服下去神符，陈二奶奶与"童儿"吃过了东西，虎妞还是翻滚的闹。直闹了一点多钟，她的眼珠已慢慢往上翻。陈二奶奶还有主意，不慌不忙的教祥子跪一股高香。祥子对陈二奶奶的信心已经剩不多了，但是既花了五块钱，爽性就把她的方法都试验试验吧；既不肯打她一顿，那么就依着她的主意办好了，万一有些灵验呢！

直挺挺的跪在高香前面，他不晓得求的是什么神，可是他心中想要虔诚。看着香火的跳动，他假装在火苗上看见了一些什么形影，心中便祷告着。香越烧越矮，火苗当中露出些黑道来，他把头低下去，手扶在地上，迷迷糊糊的有些发困，他已两三天没得好好的睡了。脖子忽然一软，他唬了一跳，再看，香已烧得剩了不多。他没管到了该立起来的时候没有，拄着地就慢慢立起来，腿已有些发木。

陈二奶奶和"童儿"已经偷偷的溜了。

祥子没顾得恨她，而急忙过去看虎妞，他知道事情到了极不好办的时候。虎妞只剩了大口的咽气，已经不会出声。收生婆告诉他，想法子到医院去吧，她的方法已经用尽。

祥子心中仿佛忽然的裂了，张着大嘴哭起来。小福子也落着泪，可是处在帮忙的地位，她的心底里还清楚一点。"祥哥！先别哭！我去上医院问问吧？"

没管祥子听见了没有，她抹着泪跑出去。

她去了有一点钟。跑回来，她已喘得说不上来话。扶着桌子，她干嗽了半天才说出来：医生来一趟是十块钱，只是看看，并不管接生。接生是二十块。要是难产的话，得到医院去，那就得几十块了。"祥哥！你看怎办呢？！"

祥子没办法，只好等着该死的就死吧！

愚蠢与残忍是这里的一些现象；所以愚蠢，所以残忍，却另有原因。

虎妞在夜里十二点，带着个死孩子，断了气。

选自《中国新文学大系（1937—1949）·长篇小说卷一》

上海文艺出版社 1990 年版

作家的话 ◈

小说的成败，是以人物为准，不仗着事实。世事万千，都转眼即逝。一时新颖，不久即归陈腐；只有人物永垂不朽。

描写人物最难的地方是使人物能立得起来。我们都知道利用职业，阶级，民族等特色，帮助形成个人特有的人格，可是，这些东西并不一定能使人物活泼。反之，有的时候反因详细的介绍，而使人物更死板。我们应记住，要描写一个人必须知道此人的一切，但不要作相面式的全写在一处；我们须随时的用动作表现出他来。每一个动作中清楚的有力的表现出他一点来，他便越来越活泼，越实在。我们虽然详知他所代表的职业与地方等特色，可是我们仿佛更注意到他是个活人，并不专为代表一点什么而存在。这样，人物的感诉力才能深厚广大。

《人物的描写》

评论家的话 ◈

把城市底层社会这个不怎么为人们熟悉的世界，把城市贫民这个常常为人们忽视的社会阶层的命运，引进艺术的领域，并且取得了成功——就这方面来看，老舍在中国现代文学史上的作用，有些类似狄更斯之于十九世纪中期的英国文学，陀思妥耶夫斯基之于同一时期的俄国文学；虽然他们的成就不尽相同，各有长处和弱点。

樊骏：《论〈骆驼祥子〉的现实主义
——纪念老舍先生八十诞辰》

周作人

赋 得 猫 ◇◇

——猫与巫术

　　周作人，原名周槐寿，号知堂、药堂等。1885 年生于浙江绍兴，鲁迅之弟。1906 年去日本，相继在法政大学、立教大学学习。1911 年回国，1917 年到北京，长期在北京大学、燕京大学、北京女子师范大学、中法大学等校任教授。五四新文化运动中因发表《人的文学》《平民文学》而著名，1921 年提倡"美文"，并为实践其主张而写作大量小品，于微小生命与庸凡琐事中倾以深厚的同情，于民俗知识与风情中发掘人类野蛮现象的根源，风格苦涩而博雅，影响深远流长，成为新文学创作的重要流派的代表作家。一生结集出版的散文集有《自己的园地》《雨天的书》《谈龙集》《谈虎集》《泽泻集》《看云集》等二十多种。抗战爆发后滞留北京，出任日伪统治下的北京大学文学院院长、华北教育督办等职，抗战胜利后以汉奸罪被捕入狱。1949 年保释出狱，居家从事希腊、日本文学的翻译工作。晚年写作《知堂回想录》。1967 年病故于北京。

我很早就想写一篇讲猫的文章。在我的《书信》里"与俞平伯君书"中有好几处说起，如廿一年十一月十三日云：

"昨下午北院叶公过访，谈及索稿，词连足下，未知有劳山的文章可以给予者欤。不佞只送去一条穷袴而已，虽然也想多送一点，无奈材料缺乏，别无可做，久想写一小文以猫为主题，亦终于未著笔也。"叶公即公超，其时正在编辑《新月》。十二月一日又云：

"病中又还了一件文债，即新印《越谚》跋文，此后拟专事翻译，虽胸中尚有一猫，盖非至一九三三年未必下笔矣。"但二十二年二月二十五日又云：

"近来亦颇有志于写小文，仍有暇而无闲，终未能就，即一年前所说的猫亦尚任其屋上乱叫，不克捉到纸上来也。"如今已是一九三七，这四五年中信里虽然不曾再说，心里却还是记着，但是终于没有写成。这其实倒也罢了，到现在又来写，却为什么缘故呢？

当初我想写猫的时候，曾经用过一番工夫。先调查猫的典故，并觅得黄汉的《猫苑》二卷，仔细检读，次又读外国小品文，如林特（R. Lynd），密伦（A. A. Milne），却贝克（K. Capek）等，公超又以路加思（E. V. Lucas）文集一册见赠，使我得见所著谈动物诸文，尤为可感。可是愈读愈糊涂，简直不知道怎样写好，因为看过人家的好文章，珠玉在地，不必再去摆上一块砖头，此其一。材料太多，贪吃便嚼不烂，过于踌躇，不敢下笔，此其二。大约那时的意思是想写《草木虫鱼》一类的文章，所以还要有点内容，讲点形式，却是不大容易写，近来觉得这也可以不必如此，随便说说话就得了，于是又拿起那个旧题目来，想写几句话交卷。这是先有题目而做文章的，故曰赋得，不过我写文章是以不切题为宗旨的，假如有人想拿去当作赋得体的范本，那是上当非浅，所以请大家不要十分认真才好。

现在我的写法是让我自己来乱说，不再多管人家的鸟事。以前所查过的典故看过的文章幸而都已忘却了，《猫苑》也不翻阅，想到什么可写的就拿来用。这里我第一记得清楚的是一件老姨与猫的故事，出在霁园主人著的《夜谈随录》里。此书还是前世纪末读过，早已散失，乃从友人处借得一部检之，在第六卷中，是《夜星子》二则中之一。其文云：

"京师某宦家，其祖留一妾，年九十余，甚老耄，居后房，上下呼为老姨。日坐炕头，不言不笑，不能动履，形似饥鹰而健饭，无疾病。尝畜一猫，与相守不离，寝食共之。宦一幼子尚在襁褓，夜夜啼号，至睡方辍，匝月不愈，患之。俗传小儿夜啼谓之夜星子，即有能捉之者。于是延捉者至家，礼待甚厚，捉者一半老妇人耳。是夕就小儿旁设桑弧桃矢，长大不过五寸，矢上系素丝数丈，理其端于无名之指而拈之。至夜半月色上窗，儿啼渐作，顷之隐隐见窗纸有影倏进倏却，仿佛一妇人，长六七寸，操戈骑马而行。捉者摆手低语曰，夜星子来矣来矣！亟弯弓射之，中肩，唧唧有声，弃戈返驰，捉者起急引丝率众逐之。拾其戈观之，一搓线小竹签也。迹至后房，其丝竟入门隙，群呼老姨，不应，因共排阃燃烛入室，遍觅无所见。搜索久之，忽一小婢惊指曰，老姨中箭矣！众视之，果见小矢钉老姨肩上，呻吟不已，而所畜猫犹在跨下也，咸大错愕，巫为拔矢，血流不止。捉者命扑杀其猫，小儿因不复夜啼，老姨亦由此得病，数日亦死。”

后有兰岩评语云：“怪出于老姨，诚不知其何为，想系猫之所为，老姨龙钟为其所使耳。卒乃中箭而亡，不亦冤乎。”同卷中又有《猫怪》三则，今悉不取，此处评者说是猫之所为亦非，盖这篇《夜星子》的价值重在是一件巫蛊案，猫并不是主，乃是使也。我很想知道西汉的巫蛊详情，可是没有工夫去查考，所以现在所说的大抵是以西欧为标准，巫蛊当作 witch-craft 的译语，所谓使即是famil-iars 也。英国蔼堪斯泰因女士（Lina Eckenstein）曾著《儿歌之研究》，二十年前所爱读，其遗稿《文字的咒力》（A Spell of Words, 1932）中第一篇云《猫及其同帮》，于我颇有用处。第一章《猫或狗》中云：

“在北欧古代猫也算是神圣不可犯的，又用作牺牲。木桶里的猫那种残酷的游戏在不列颠一直举行，直至近代。这最好是用一只猫，在得不到的时候，用就用烟煤，加入桶中。”

“在法兰西比利时直至近代，都曾举行公开的用猫的仪式。圣约翰祭即中夏夜，在巴黎及各处均将活猫关在笼里，抛到火堆里去。在默兹地方，这个习俗至一七六五年方才废除。比利时的伊不勒思及其他城市，在圣灰日即四旬斋的第一日举行所谓猫祭，将活猫从礼拜堂塔顶掷下，意在表示异端外道就此都废弃了。猫是与古代女神莿赖耶有系属的，据说女神尝跟着军队，坐了用许多猫拉着的车子。书上说现在伊不勒思尚留有遗址，原是献给一个女神的庙宇。”

第二章《猫与巫》中又云：

“猫在欧洲当作家畜，其事当直在母权社会的时代。猫是巫的部属，其关系极密切，所以巫能化猫，而猫有时亦能幻作巫形。兔子也有同样的情形，这曾被叫作草猫的。德国有俗谚云，猫活到二十岁便变成巫，巫活到一百岁时又变成一只黑猫。

"一五八四年出版的巴耳温的《留心猫儿》中有这样的话，巫是被许可九次把她自己化为猫身。《罗密欧与朱丽叶》中谛巴耳特说，你要我什么呢？麦丘细阿答说，美猫王，我只要你九条性命之一而已。据英法人说，女人同猫一样也有九条性命，但在格伦绥则云那老太太有七条性命正如一只黑猫。

"又有俗谚云，猫有九条性命，而女人有九只猫的性命。（按此即八十一条性命矣。）

"巫可以变化为猫或兔，十七世纪的知识阶级还都相信这是可能的事。"

烧猫的习俗，弗来则博士（J. G. Frazer）自然知道得最多，可惜我只有一册节本的《金枝》（The Golden Bough），只可简单的抄几句。在六十四章《火里烧人》中云：

"在法国阿耳登思省，四旬斋的第一星期日，猫被扔到火堆里去，有时候残酷稍为醇化了，便将猫用长竿挂在火上，活活的烤死。他们说，猫是魔鬼的代表，无论怎么受苦都不冤枉。"他又解释烧诸动物的理由云：

"我们可以推想。这些动物大约都被算作受了魔法的咒力的，或者实在就是男女巫，他们把自己变成兽形，想去进行他们的诡计，损害人类的福利。这个推测可以证实，只看在近代火堆里常被烧死的牺牲是猫，而这猫正是据说巫所最喜变的东西，或者除了兔以外。"

这样大抵可以说明老姨与猫的关系。总之老姨是巫无疑了，猫是她的不可分的系属物。理论应该是老姨她自己变了猫去作怪，被一箭射中猫肩，后来却发现这箭是在她的身上。如散茂斯（M. Summers）在所著《僵尸》（The Vampire，1928）第三章《僵尸的特性及其习惯》中云：

"这是在各国妖巫审问案件中常见的事，有巫变形为猫或兔或别的动物，在兽形时遇着危险或是受了损伤，则回复原形之后在他的人身上也有着同样的伤或别的损害。"这位散茂斯先生著作颇多，此外我还有他的名著《变狼人》，《巫术的历史》与《巫术的地理》，就只可惜他是相信世上有巫术的，这又是非圣无法故该死的，因此我有点不大敢请教，虽然这些题目都颇珍奇，也是我所想知道的事。吉武勒其教授（G. L. Kittredge）的《旧新英伦之巫术》（The Witch-craft in Old and New England，1929）第十章《变形》中亦云：

"关于猫巫在兽形时受害，在其原形受有同样的伤，有无数的近代的例证。"在小注中列举书名出处甚多。吉武勒其曾编订英国古民谣为我所记忆，今此书亦是我爱读的，其小序中有一节云：

"有见于近时所出讲巫术的诸书，似应慎重一点在此声明，我并不相信黑术（按即害他的巫术），或有魔鬼干预活人的日常生活。"由是可知他的态度是与《僵尸》的著者相反的，我很有同感，可是文献上的考据还是一样，盖档案与大众信心固是如此，所谓泰山可移而此案难翻者也。

话又说了回来，老姨却并不曾变猫，所以不是属于这一部类的。这只猫在老姨只是一种使，或者可称为鬼使（familiar spirit）。茂来女士（M. A. Murray）于一九二一年著《西欧的巫教》（The Witchcult in Western Europe），辨明所谓巫术实是古代的原始宗教之余留，也是我所尊重的一部书，其第八章论《使与变形》是最有价值的论断。据她在这里说：

"苏格兰法律家福布斯说过，魔鬼对于他们给与些小鬼，以通信息，或供使令，都称作古怪名字，叫着时它们就答应。这些小鬼放在瓦罐或是别的器具里。"大抵使有两种，一云占卜使，即以通信息，犹中国的樟柳神，一云畜养使，即以供使令，犹如蛊也。书中又云：

"畜养使平常总是一种小动物，特别用面包牛乳和人血喂养，又如福布斯所云，放在木匣或瓦罐里，底垫羊毛。这可以用了去对于别人的身体或财产使行法术，却决不用以占卜。吉法特在十六世纪时记述普通一般的所信云：巫有她们的鬼使，有的只一个，有的更多，自二以至四五，形状各不相同，或像猫，黄鼠狼，癞蛤蟆，或小老鼠，这些她们都用牛乳或小鸡喂养，或者有时候让它们吸一点血喝。

"在早先的审问案件里巫女招承自刺手或脸，将流出来的血滴给鬼使吃。但是在后来的案件里这便转变成鬼使自己喝巫女的血，所以在英国巫女算作特色的那冗乳（按即赘疣似的多余的乳头）普通都相信就是这样舐吮而成的。"

吉忒勒其教授云："一五五六年在千斯福特举行的伊里莎白时代巫女大审问的第一案里，猫就是鬼使。这是一头白地有斑的猫，名叫撒旦，喝血吃。"恰好在茂来女士书里有较详的记载，我们能够知道这猫本来是法兰色斯从祖母得来的，后来她自己养了十五六年，又送给一位老太太华德好司，再养了九年，这才破案。因为本来是小鬼之流，所以又会转变，如那头猫后来就化为一只癞蛤蟆了。法庭记录（见茂来书中）说：

"据该妪华德好司供，伊将该猫化为蟾蜍，系因当初伊用瓦罐中垫羊毛养放该猫，历时甚久，嗣因贫穷不能得羊毛，伊遂用圣父圣子圣灵之名祷告愿其化为蟾蜍，于是该猫化为蟾蜍，养放罐中，不用羊毛。"这是一个理想的好例，所以大家都首先援引，此外鬼使作猫形的还不少，茂来女士书中云：

"一六二一年在福斯东地方扰害费厄法克思家的巫女中，有五人都有畜养使的。惠忒的是一个怪相的东西，有许多只脚，黑色，粗毛，像猫一样大。惠忒的女儿有一鬼使，是一只猫，白地黑斑，名叫印及思。狄勃耳有一大黑猫，名及勃，已经跟了她有四十年以上了。她的女儿所有鬼使是鸟形的，黄色，大如鸦，名曰唰嗯。狄更生的鬼使形如白猫，名菲利，已养了有二十年。"由此可知猫的地位在那里是多么高的了。吉忒勒其教授书中（仍是第十章）又云：

"驯养的乡村的猫，在现今流行的迷信里，还保存着好些他的魔性。猫会得吸睡着的小孩的气，这个意见在旧的和新的英伦（按即英美两国）仍是很普遍。又有一种很普遍的思想，说不可令猫近死尸，否则会把尸首毁伤。这在我们本国（按即美国）变成了一种高明的说法，云：勿使猫近死人，怕他会捕去死者的灵魂。我们记得，灵魂常从睡着的人的嘴里爬出来，变成小老鼠的模样！"讲到这里我们可以知道老姨的猫是属于这一类的畜养使，无论是鬼王派遣来，或是养久成了精，总之都是供老姨的使令用的，所以跨了当马骑正是当然的事。到了后来时不利兮骓不逝。主人无端中了流矢，猫也就殉了义，老姨一案遂与普通巫女一样的结局了。

我听人家所讲猫的故事里，还有一件很有意思的，即是猫替猴子伸手到火炉里抓煨栗子吃，觉得十分好玩，想拿来做文章的主题，可是末了终于决定借用这老姨的猫。为什么呢？这件故事很有意思，因为这与中国的巫蛊和欧洲的巫术都有关系，虽然原只是一篇志异的小说。以汉朝为中心的巫蛊事情我很想知道，如上边所已说过，只是尚无这个机缘，所以我在几本书上得来的一点知识单是关于巫术的。那些巫，马披，沙满，药师等的哲学与科学，在我都颇有兴趣而且稍能理解，其荒唐处固自言之成理，亦复别有成就，克拉克教授在《西欧的巫教》附录中论一女所用飞行药膏的成分，便是很有趣的一例。其结论云：

　　“我不能说是否其中有一种药会发生飞行的感觉，但这里使用乌头（aconite）我觉得很有意思。睡着的人的心脏动作不匀使人感觉突然从空中下坠，今将用了使人昏迷的莨菪与使心脏动作不匀的乌头配合成剂，令服用者引起飞行的感觉，似是很可能的事。”这样戳穿西洋镜似乎有点煞风景，不如戈耶所画老少二女白身跨一扫帚飞过空中的好，我当然也很爱好这西班牙大匠的画；但是我也很喜欢知道这三个药方，有如打听得祝由科的几门手法或会党的几句口号，虽不敢妄希仙人的他心通，唯能多察知一点人情物理，亦是很大的喜悦。茂来女士更证明中古巫术原是原始的地亚那教（Diand-Cult）之留遗，其男神名地亚奴思，亦名耶奴思（Janus），古罗马称正月即从此神名衍出，通行至今，女神地亚那之徒即所谓巫，其仪式乃发生繁殖的法术也。虽然我并不喜欢吃菜事魔，自然更没有骑扫帚的兴趣，但对于他们鬼鬼祟祟的花样却不无同情，深觉得宗教审问院的那些拷打杀戮大可不必。多年前我读英国克洛特（E. Clodd）的

《进化论之先驱》与勒吉（W. E. H. Lecky）的《欧洲唯理思想史》，才对于中古的巫术案觉得有注意的价值，就能力所及略为涉猎，一面对那时政教的权威很生反感，一面也深感危惧，看了心惊眼跳，不能有隔岸观火之乐，盖人类原是一个，我们也有文字狱思想狱，这与巫术案本是同一类也。欧洲的巫术案，中国的文字狱思想狱，都是我所怕却也就常还想（虽然想了自然又怕）的东西，往往互相牵引连带着，这几乎成了我精神上的压迫之一。想写猫的文章，第一挑到老姨，就是为这缘故。该姨的确是个老巫，论理是应该重办的，幸而在中国偶得免肆诸市朝，真是很难得的，但是拿来与西洋的巫术比较了看也仍是极有意思的事。中国所重的文字狱思想狱是儒教的，——基督教的教士敬事上帝，异端皆非圣无法，儒教的文士谄事主君，犯上即大逆不道，其原因有宗教与政治之不同，故其一可以随时代过去，其一则不可也。我们今日且谈巫术，论老姨与猫，若文字狱等亦是很好题目，容日后再谈，盖其事言之长矣。

民国二十六年一月二十六日于北平

〔附记〕黄汉《猫苑》卷下引《夜谈随录》，云有李侍郎从苗疆携一苗婆归，年久老病，尝养一猫酷爱之，后为夜星子，与原书不合，不知何所本，疑未可凭信。

选自《秀玉集》

岳麓书社1988年版

作家的话 《》

平淡，这是我所最缺少的，虽然也原是我的理想，而事实上绝没有能够做到一分毫……中国是我的本国，是我歌于斯哭于斯的地方，可是眼见得那么不成样子，大事且莫谈，只一出去就看见女人的扎缚的小脚，又如此刻在写字耳边就满是后面人家所收广播的怪声的报告和旧戏，真不禁令人怒从心上起也。在这种情形里平淡的文情那里会出来，手底下永远是没有，只在心目中尚存在耳，所以我的说平淡乃是跛者之不忘履也。

《自己的文章》

评论家的话 ◈

知堂后期的书话大多是这般模样：黑压压一片引文，基本不分段，只在另一大块引文的起首处每每另起一行，大段引文之后是少量的附记、附注或画龙点睛式的评说，或根本没有评说便续引另一段。上文（指《〈苦茶随笔〉序》，与本文无关，引此段只说明周作人"文抄体"的特色。——编者注）总字数约四百余字，引文及记录引文的出处占去三百多字，真正自己发挥的仅一百字略多，只占全文的四分之一，但文章却十分有味，煞是耐读。……总而言之，《夜读抄》之后的知堂书话，看上去满眼引文，文章好似被引文牵着鼻子走，作者只配跟在引文后面匆匆指点一二；其实正巧相反，引文是经过作者精心挑选和安排的，是为作者的心情和思想牵动着的，它们是构织文章和表达作者心境意趣的一种特殊的材料和语汇。

刘绪原：《解读周作人》

不能忘怀于艰难的时事，周作人自然写不出关于猫的闲适小品。这只"猫"竟是如此之难产，孕育五年之久，终于"出世"时，虽然行文多有曲折，但矛盾所向已是十分清晰："欧洲的巫术案，中国的文字狱思想狱，都是我所怕却也就常还想（虽然想了自然又怕）的东西，往往互相牵引连带着，这几乎成了我精神上的压迫之一"，这就远非闲适，很有几分锋芒了——周作人毕竟无法逃避现实，更无法在现实的黑暗面前完全闭上眼睛。

钱理群：《周作人传》

宋春舫

一幅喜神

宋春舫，1892年出生，浙江吴兴人。1912年从上海圣约翰大学毕业后，不久赴瑞士，入日内瓦大学攻读政治经济学，并悉心研究西方戏剧。1916年回国后先后在圣约翰大学、清华学校、北京大学等校讲授欧洲戏剧史，并在《新青年》等刊物上撰文介绍国外戏剧新思潮。1920年再次赴欧洲考察戏剧，1921年回国后，曾任北京大学、青岛大学等校教授并从事戏剧创作和西方戏剧的介绍，1938年病逝。他受西方"世态喜剧"影响，其剧作大多取材于中国上层社会的人情世事，擅长组织喜剧冲突，巧妙地以"陡转"和"发现"等技法，表现美丑之间不协调的矛盾冲突，加以生动有趣的喜剧语言的运用，产生引人开颜的剧场效果。著有《宋春舫论剧》《一幅喜神》《五里雾中》《原来是梦》等。

时　间

现代性的，可是有一个条件，须在中国既富且强以后

地　点

首都最繁盛的区域。胜过今日纽约之第五条街（Fifth Avenue）万倍。街中住户，非但腰缠万贯，而且于社会上有特殊声誉及地位者

布　景

一间富丽堂皇的会客室，价值连城的古玩，宋元名家的字画

登场人物

大盗

夫（李先生）

妻（李夫人）

〔幕起时，台上乌黑。忽然从台上左面发出一点星光，渐渐的动摇不定，移到右边墙上。"嘶"的一声，台上顿时大放光明，显出一间布置很精致的会客室来。墙上挂的，都是名人字画，桌上，书架上，和玻璃柜内所陈列的，都是古董，玉器，善本的古书，等等。那带干电筒的是一个男子，穿了极漂亮的燕尾服，一望而知是上流社会的人物。他把那干电筒放在桌上，再把台上十数盏电灯一齐开了，立刻觉得光耀夺目。他先朝壁上所挂的字画，

144

看了又看，面上很现出犹豫的样子；有时重新拿起干电筒，向画上的圆章照着细看。

大　盗　咦！原来这十几张字画，都是假的。那末古董呢？（他开了玻璃柜，把那古董一件一件拿出来，瞧了好久，忽然显出极失望的样子）不是假的，便是破的。早知如此，我又何必多此一来呢！

〔他又把书桌上，几本古书翻了一下，微微的叹了一口气，把那几本书仍旧放在原处。

〔他没精打采的在桌上取了一支香烟，点了火，慢吞吞的向沙发上坐下。头朝着天，口内喷出一圈一圈的烟。忽然听得远远的喇叭声，汽车停止声，钥匙声，开门及闭门声，皮鞋声种种。一会儿，台上又走进两个人来。这就是那会客室的主人和他的妻子，李先生及李夫人了。看他们光景，不是从宴会就是从剧场回来。男子穿了燕尾服，女子，华丽的晚装，头上，身上，手上，满是金刚钻，翡翠和珍珠。一点儿没有错，那是首都 Smart Set 的中坚人物。

夫　怎么电灯都开着哩！一定是那混账的王七，我们走后，他连电灯也没有想着关，急赶急的上赌场去了。

妻　张妈呢？（大声）张妈！张妈！

夫　她也许睡了罢！

〔忽然看见了大盗，在那里喷烟圈，他们顿时目瞪口呆，好像触了电一般，好一会才转过气来。

夫　你……你……你是什么人？

大　盗　（微笑不答，仍喷那烟圈儿）

夫　　（走上前一步）你到底是什么人？

大　盗　（仍微笑，不语）

夫　　（急向妻耳语，复大声）你是聋子吗？为什么问你话，
你一句不回答？你知道吗，"夜入人家，非奸即盗。"
但是我看你穿的这套……

大　盗　（立起）你是不是看我穿的这套衣服很漂亮？老实对你
说：我这套燕尾服，还是今年春天过巴黎的时候在巴
格兰那里做的，式样是一丝不苟，从墨西合（Mon-
sieur）杂志上，"考背"下来的。谈起衣服，我便联想
到伦敦。伦敦对于男子的服装，虽然说是执世界之牛
耳，但有时未免腐气太重。那里能像巴黎做的那么天
然的漂亮呢？你的衣服，看起来，不像是在巴黎做
的罢？

夫　　（露忸怩色）是在上海做的。

大　盗　是不是在大马路外滩相近泰兴洋行做的？我看也不像
罢！泰兴做的衣服，虽然英国绅士气太重，可是严格
说起来，在中国也就算不错了。

妻　　你们又不是要开男子时装展览会，何必在这儿啰里啰
唆讨论衣服呢？干脆，你快说你是干什么的？

大　盗　为什么不要讨论衣服问题？难道你们都是崇拜"裸体
主义"的么？说起来好笑，数年以前，我也是绝对赞
成"裸体主义"的人。并且是个实行家，我在柏林研
究哲学的时候。一丝不挂的，有好几个月呢，结果，

一场肺炎，弄得我几乎死去活来……

妻　　请你不要再谈什么主义了，还是直截痛快的说……

夫　　你不用同他说，我看这人是个疯子。

大　盗　疯子！谁是疯子？就是疯子，我们也不应该小视他。你知道么？现在科学家都承认，凡有天才的人，大半是疯疯癫癫的。譬如拿破仑、王尔德这一些人，谁都知道他们是第一流的天才，然而……

夫　　越说越糊涂了。你到底上这儿来干吗？

大　盗　你刚才不是说过么？"夜入人家，非奸即盗。"那末，你看我是不是像一个强盗？

夫　　不像！不像！

妻　　一点儿也不像！

大　盗　真的一点儿也不像么？

妻　　真的一点儿也不像。

大　盗　那末我便是……

妻　　（若有所悟）对了，你莫非是张妈的姘夫，小江北吗？奇怪，你怎么一点儿江北口音也没有呢？

夫　　他不是小江北，小江北我倒见过一次。去年有一天，我从财政部里出来，一个粗眉大耳，满脸横肉的人，站在汽车旁边。我起初以为他是绑匪……

妻　　后来怎么样？

夫　　后来汽车夫看见我注意到那个人，就告诉我说这是张妈的姘夫小江北。听说他从前在财政部里当过几天茶房。

妻　　（向大盗）你既然不是小江北，那末是谁呢？

大　盗　（不作声）

夫　　（向妻，低声）你不必"打碎砂锅问到底"了！我看他一定是很有体面的人，而且好像在那里见过的。

妻　　不错，便是我也面熟得很，让我来想一想！

大　盗　对了！你们去想一下子罢！……前天程砚秋老板的《红拂传》怎么样？

妻　　是不是你前天也在国民大剧场听戏吗？现在我都记起来了。你是在六号包厢里，我们那一天是在十号。而且你还同了一位极漂亮的女人，非常的美丽，身段及面庞，远望仿佛像电影明星胡蝶女士一般。

大　盗　（露得意色）那是贱内，承你这样夸奖，真是荣幸之至。不过李夫人……

妻　　（露惊惶色）你怎样会知道我姓李呢？

大　盗　不必惊慌！我如果不知道你尊姓大名，我今天亦不会来了。可是这样一来，不要又把我刚才要说的话打断了……李夫人大概常去听戏罢。现在我有一句极幼稚，极简单的话要请问你，梅兰芳好呢程砚秋好？

夫　　那还是程砚秋和孟小冬好。

妻　　（怒目视夫）我们又不是在这儿捧坤角儿，何必你来加入。我看当然是……梅兰芳好，前天晚上，第一舞台的义务戏，他和余叔岩合演《梅龙镇》，你瞧那李凤姐的嗓子多么高，多么圆！身段多么娇小玲珑！真是又叫人爱，又叫人怜。所以有人说，梅兰芳的唱做配得

上"初写黄庭，恰到好处"八个字，那是一点儿也不
错的。

大　盗　李夫人说的当然可以代表一部分社会的心理和意见。
　　　　但是不瞒夫人说，我也是一个天生第一号的戏迷。二
　　　　十年来，我和戏曲两个字，始终没有脱离过关系。不
　　　　过演员好的，实在太少了。外国演员称得起空前绝后
　　　　的，也只有撒纳·勃因哈特（Sarah Bernhardt）一个
　　　　人。说到中国方面，可怜简直是没有。我现在回到中
　　　　国日子也多了，胃口也低了，才找到两个人：一个是
　　　　郝寿臣，一个是程砚秋。

妻　　　？

大　盗　夫人也许不赞成我的话，但是我以为戏曲的原则，从
　　　　希腊到现在，无非是"action""做"一个字。我最近
　　　　在第一舞台看那郝寿臣的割发代首那出戏，可以说他
　　　　确是在这一个"做"字上用了不少的工夫，至于程砚
　　　　秋呢……

夫　　　好了！你们越说越起劲，可是越说越远了。什么撒
　　　　纳·勃因哈特呢，希腊呢，"action"呢，简直像大学
　　　　教授上讲堂一般。你何不明天到中央大学去讲演一下，
　　　　那我们的耳福倒不浅呢。但是现在我们已经困倦万分，
　　　　请你把来此的目的，说出来让我们听了，也好去睡！

大　盗　我真是糊涂了！说了这么一大套话还没有告诉你们我
　　　　是谁。

妻　　　便是我们也忘了请教你的尊姓大名。

大　盗	（在衣袋中取出一张名片给李先生）
夫	（看了名片以后，面色顿时惨白，全身发抖起来）
妻	（赶过来）你发痧么？也许是羊癫疯复发了么？
夫	你……看……
妻	啊呀不好了！（晕倒在沙发上）
大　盗	李夫人！快快醒来！不要学西洋妇人那一套玩意儿：受了一点小小的激刺，便晕过去了。（向衣袋里拿出一个小瓶子的阿母尼亚来给李夫人嗅着，她便醒了）
妻	不好了！强盗！
夫	强盗……救命……
大　盗	你们简直同孩子一样。你想在这个时候，不要说这条街上，连满城的巡警，早已躲的躲了，睡的睡了。你们力竭声嘶的叫喊，有什么用处？况且我又是手无寸铁；勃朗宁呢，因为太煞风景，我向来不带的。
夫	（若有所悟，走近书桌，开抽屉）
大　盗	哈哈你是不是要取你的勃朗宁么？可是手枪里面的三粒枪子，已在我的口袋里了。不信，你看！
妻	（吓得嗦嗦的抖个不住，拖住丈夫）你看他的面孔，同那天《申报》图画周刊上登的，真是一式无二。
夫	一些也不差，我对他所犯的案子也次第想起来了。这一个月中，他不是做过十六件大案吗？听说每一件案子的损失，总在四五万左右。
大　盗	（很自然的把烧残的香烟掷在盘里，又从桌上取一支香烟，仍是一口一口的向天喷着）可是我还有一点迷信，

我始终没有杀过一个人，流过一滴血。

夫　　（强自镇定，所答非所问）不错，不错，流血当然是很可怕的。（一面说，一面走向古董橱那边去，橱旁是有一个警铃）

大　盗　（已经知道他的意思，笑了一笑）你要按警铃么？这早已不响了。你便按一个钟头，也是不中用的。

夫　　（手指已经按在那电铃上，可是真的一点儿声音也没有。逡巡退到原处）当差的真可恶，家里有了客人，一点儿也不知道。

大　盗　你不必叫他们罢！他们都好好的睡在卧房里，口里含着消过毒的棉花，身上还带着几条绳索。而且我的几个小伙计，正在看护他们，包你一点儿危险也没有。

妻　　（乘着大盗说话的当口，站起，慢吞吞的移向书桌）

大　盗　（看了看电话机）李夫人！你又何必白费心机呢！那电话早不能通电，我进来的时候，就替你把外边的总线割断了。

妻　　（不觉进退两难起来）这可怎么办呢？

夫　　（自告奋勇）你不用着急，还是让我来罢。（转身向大盗，若无其事似的）你到此地来的目的，是不是……

大　盗　我告诉你，我不但是一个戏迷，而且可以算是一个古玩迷。我曾经在北京琉璃厂，杭州梅花碑，几家古玩铺里当了几年学徒。河南，陕西一带，这几年里我也不晓得跑了多少次。伦敦的博物院，巴黎的路佛，时常有我的足迹。可是来了这里以后，常常听得人说起你们此间收藏之富，一时无两，所以半夜三更来惊扰你们。

夫　　（自满）对呀！我所收藏的东西，确乎是很有名的。（手指四壁）那边挂的不是四王的真迹吗？唐伯虎的仕女，八大山人的山水，还有那赵子昂的马，宋徽宗的鹰，可以称得人世少有的宝贝了。（复指古董橱）你看见那对黑地三彩花瓶吗？还有那……古月轩……

大　盗　这些人世少有的宝贝，我件件都领教过了。（露出满脸不高兴的神气）

夫　　（一点也不觉得）明天报上，本埠新闻栏内，一定又有长篇大论的记载。把此间所有的字画和古玩，一股脑儿好像拍卖似的登出来。因为你老先生肯来光顾的东西，自然会轰动一时的。

大　盗　（听了背转身，走了两步，复向沙发上坐下）是呀！这真所谓一登龙门，声价十倍。但可惜这次不像我前几次所做的几件案子一般，绝不会轰动一时的。

妻　　（似乎是向着大盗）怎么不会呢？难道我们失了东西，你不许我们到公安局去报告么？

夫　　那更糟了！岂不是我们连领回东西的希望也没有了吗？

大　盗　完全不是那么一回事。请放心罢！你们今天绝没有丝毫损失的。

夫　　（向妻）失去了许多古董字画，他还说没有丝毫损失。他难道不知道这些东西的价值吗？

妻　　且慢！我看他的样子，似乎没有要取我们东西的意思。

大　盗　到底还是李夫人聪明。老实说，你们这些东西我是一件也不会带走的。

夫　　（略为镇静）谢天谢地！照你说起来，我们这些东西，都可保全了……真正奇怪，我们虽然承蒙大盗张三先生半夜光临，却一点儿损失也没有，这岂不是一件可喜可贺的事么？

大　盗　（立起）也许是一件大大不幸的事罢！（作告别状）对不起得很。第一，今天晚上，使你们无缘无故的，受了许多惊恐。第二，荒废了许多宝贵的光阴，以致错过了你们睡觉的时间，请多多原谅。祝你们晚安！

妻　　（若有所悟）你为什么说这是一件大大不幸的事呢？

大　盗　费了许多年的心血和金钱，好容易挣得来收藏大家的头衔，一朝失去，岂非是大大的不幸？

夫　　（大惊）这是那里来的话？我收藏家的头衔，怎么凭空会跑掉呢？

妻　　（向夫）他说什么？

夫　　他说我收藏家的头衔，快要取消了。

妻　　真的么？

大　盗　（向夫）我问你！大家称你为大名鼎鼎的收藏家，是不是因为你会客室里所有的东西，都是稀世奇珍？

夫　　是呀……

大　盗　是不是因为有许多鉴藏家来看过，对于这些稀世奇珍的价值，是毫无怀疑的地方？

夫　　不错。

大　盗　（微笑）然而我的意思恰好与他们相反。

夫　　据你这样说，难道我所收藏的东西，一件也靠不住么？
退一步说，即使我不配做一位大收藏家，难道许多鉴
藏家，都是瞎了眼吗？

大　盗　那也不尽然，其中有的，完全是门外汉，他们的眼光，
同你老先生不相上下。有的，也许有相当的学问和经
验，但是天下万事皆穿，马屁不穿。你是有钱有势的
人，他们不愿意说明你是傻瓜，将错就错，让你去糊
涂一辈子，有何不好？还有一层，大半鉴藏家都是古
玩铺的后台老板，他们愿意使你永久蒙在鼓里……不
是可以从中取利吗？

夫　　我不信，我不信。难道我收藏的都是假的，一件精品
也没有？

大　盗　最低的限度，没有一件可以配得上"好"的一个字，
至于"精品"两个字，简直是做梦。

夫　　（走近橱旁，向内指）这对康熙黑地三彩怎么样？那黑
地里还带着绿色，这算不算精品？

大　盗　这瓶的形式和大小也就差不多，可是颜色，花纹，釉
水，地子，却和真的差得很远。我问你，你花了多少
钱买的。

夫　　我花了一千块钱买的。

大　盗　（仰天大笑）如果是真的黑地三彩的瓶儿，一千块钱，
连买他的口儿也不够。

夫　　那豇豆红太白尊怎么样？

大　盗　可以值两块钱。

夫　　怎么？我五百两银子买的！

大　盗　你不信，可以到前门大街夜市摊上去看，照这样子，两千个也找得出来。

夫　　那对釉里红天字罐你看好不好？这一定是康熙时代的精品了。

大　盗　盖子呢，确是康熙的，不过罐子却是新的！

夫　　慢来！慢来！我还有一件宝贝呢！一对宋均窑花盆，这总不会假的罢！

大　盗　如果是真的，你早就看不见了。

夫　　？

大　盗　对不起，我早就带走了。这对均窑花盆完全是仿造的。你有工夫的时候，可以到前门大街德泰瓷器店，去问一问李掌柜，他还有两对在那里呢。

夫　　我还有些铜器请你看。

大　盗　这一件倒是旧的。

夫　　（大喜）

大　盗　是宋朝的。

夫　　（失望）何以知是宋朝的呢？

大　盗　如果是周朝的，那里会有这种粗笨的式样，死板板的雕刻？你看（指纹路）这底子不是已经补过的了吗？行家所谓"冷冲"，你懂不懂？

夫　　照这样说起来，我这许多东西，简直是一文不值了。

（坐下，以手掩面）

大　盗　（作惶恐状）那也不尽然，你那一对古月轩小瓶儿，虽是赝鼎，也可值到一二百块钱。

夫　（大觉悟）唉！可恨呀！可恨！（忽然又想起来）还有我的古书呢？我的字画呢？

大　盗　你的几册宋本书，装潢是很好；但图是假的，纸是染的，实实在在都是元本。况且你的书不是从上海张先生处买来的吗？

夫　可不是吗？

大　盗　谁都知道那张先生是藏书专家，和傅沅叔先生齐名。两只眼睛何等厉害！如果真是好东西，他自己早就买了。那里还轮得到你？再说，他又不是没有钱；何至于卖给你呢？

夫　那末，字画呢？我那张仇十洲的画呢？

大　盗　让我先告诉你一桩笑话。青岛有一位青年的煤商，发了财。有一天，正当他的"大厦落成"，许多趋炎附势的朋友，都来替他道贺。客厅上高高的挂起一副八尺长珊瑚笺的对联。上款是某某仁兄，那是煤商的台甫。下款是一位清朝中兴名将。你猜是谁？

夫　是左宗棠么？

大　盗　不，是曾国藩，而且千真万确，是曾国藩的亲笔。可是当时朋友之中，有一位促狭鬼，拉住那煤商问道："曾国藩那副对子写得真不错，不过时间上发生了一点疑问。老兄！我看你年纪至多不过三十岁，那曾国藩好像是在同治末年，便去世了。到而今至少也有五六

十年。那末也许他死了以后，再从棺材里爬出来，替
你写这副对子罢……"

夫　　这到底是什么一回事？

大　盗　他买了那副对子以后，先把原有的上款擦去，然后把
自己的名字垫进。

夫　　你说这套话，是什么意思？

大　盗　你还不明白吗？你这里有几张字画，犯的也就是这个
毛病。图章纸张，都还不错，时间上可是发生了小小
问题。那几位明朝画家，仿佛都不十分清楚，自己究
竟生长在那一个皇帝手里。明明是天启的，却变了隆
庆，依此类推……

夫　　好了，不用说下去了。可是无论如何，我那张唐伯虎
画的仕女，总是真的。

大　盗　如果唐伯虎画了你所挂的那张画，他便不是唐伯虎，
而简直是唐伯狗了。

妻　　（向夫）如何，当初我也叫你不要买这张画。

夫　　妇人家懂得什么。那文徵明的字呢？

大　盗　你说的是那个文徵明？

夫　　难道有两个文徵明么？

大　盗　一点儿也不错：文徵明是有两个。一个是苏州文徵明，
别号衡山居士，明朝成化年间人。一个是徽州文徵明，
原籍歙县，明末清初人。我看你那张字，一定是徽州
文徵明写的。

夫　　那张董其昌的画呢？

大　盗　你可以说真是外行。

夫　　　何以见得？

大　盗　你一开口，便说"董其昌的画"，要晓得董其昌是只会
　　　　写字，不会画的，那会画的却是董元宰。

夫　　　董元宰和董其昌不是一而二，二而一吗？

大　盗　正是。可是那董老先生画画的时候，落款总是元宰。
　　　　你见过他的真迹吗？否则只要看有正书局出版的珂罗
　　　　版《中国名画集》便知道了，无论在那一张画上。他
　　　　没有题过"其昌"两个字。所以刚才你说"董其昌的
　　　　画"，显见得你不是行家。

夫　　　领教领教。（走进书桌，想开抽屉）

大　盗　不必开了。你不是要拿石涛的手卷吗？那也是假的。
　　　　数年前我在金巩伯家里见过，那时还有李龙眠的一个
　　　　三丈长的手卷呢。当时在座的，有宝二爷，陈半丁，
　　　　郑君翔，林宗孟几位。大家都说是假的，没有要。你
　　　　这手卷，光景也没有少花钱罢！

夫　　　八千块。

大　盗　那时要价只两千块，这未免太冤了。

妻　　　够了！够了！我也真好耐性，听你们滔滔不绝的说这
　　　　一大套话。（向大盗）可是你始终没有说明，何以我们
　　　　名誉上，忽然会有极大的损失。

大　盗　请你们闭了眼想一想，谁都知道我是个大手笔的人，
　　　　大盗张三光降的地方，一定是有许多稀世奇珍的。并
　　　　且我的足迹，今天到什么地方，明天无论那一张报纸，

都要宣布的,这并非我不肯严守秘密,实在因为新闻界和社会上都很瞧得起我,最低的限度,也同捧角家捧梅兰芳一般,他们天天要替我做起居注,所以不得不略为敷衍他们一下。那末如果明天报上登出来,今天我曾经到过赫赫有名的收藏家的府上,一物不取而去,社会上就会发生以下的疑问了。或者是因为你们防备太周密,使我无从下手;然而你们在报上总也看过那顺成王府当时的戒备,何等严密,还有那公安局王局长的卧室门口,有的是机关枪,盒子炮。我当时去了,也没有空手而返。所以社会上决不会疑心到这一点的。那末就不能不疑心到府上的收藏太糟糕,不值得我动手……

夫　　(低头思索了一会,自言自语)对呀!因为我是有名的收藏大家,所以今天才得以大盗张三的青眼,可是他来了,一物不取而去,足见我所有的东西,是毫无价值。这事如果传扬出去我的地位和名誉,一定要受大大的影响,那可怎么好呢!

大　盗　从明天起,你收藏家的头衔,就根本取消了。你在社会上的名誉,也就要跟着一落千丈。

夫　　(呆了半晌,垂头丧气的坐下)这真是可怕,比失去许多宝贵东西,还要可怕……咳!真正糟糕!糟糕!

妻　　总得想一个方法来挽回才好!

夫　　有什么方法呢?除非他肯把几件东西带走。但是刚才他十分严酷的批评,我们不是已经洗耳恭听了吗?(以

手指古董橱）这里头所藏的瓷器，（指四壁）和这上面
所挂的东西，已由他宣告死刑过的了。

妻　　如果我们现在"卑辞厚币"的同他商量，或者他肯降
　　　格……

大　盗　抱歉的很。大凡人类，都是自私自利的。在你们呢，
　　　固然要设法保全你们的名誉，但是我如果今天将几件
　　　毫无价值的东西带走，让人家知道了我的名誉便
　　　也……

妻　　你真的一件也不要拿么？

大　盗　一件也不要。你可别生气，据我看起来，你们所有的
　　　稀世奇珍里边，不要说千元以上的东西是找不出来，
　　　就是值几百块钱的也是绝无仅有。难道大盗张三的价
　　　值，就这一点么？连几百块钱也够不上么？我说中国
　　　人的通病就是自己不晓得自己的价值，结果弄到一点
　　　价值也没有。我们要明白，当王八的有当王八的价值，
　　　绅士有绅士的价值，军团长有军团长的价值，窑子里
　　　姑娘，有窑子里姑娘的价值；历来有许多要人，名流，
　　　部长，师长，等等，因为贪几万块钱，甚而至于几千
　　　块几百块钱的贿赂，便把他们的名誉，地位，都牺牲
　　　掉了。说起来"这多么不值得哪"。这都是因为他们，
　　　自己不知道自己价值的缘故。

妻　　（渐渐觉得形势严重，所以十二分关心起来，看了看丈
　　　夫的面庞，便走近大盗身边。此时她觉得那大盗，不
　　　但没有丝毫可怕，而且有亲近之必要了）你肯不肯发

一点慈悲心肠，救救我们呢？请你快快抛弃了成见，随便拣一二件带走罢！

大　盗　你说得好容易！刚才我不是说过，我如果将几件无价值的东西带走，那些新闻记者，一定不肯饶我的。到那时我的名誉将随你们的名誉，一同扫地了。

妻　　　请你做做好事罢！千万不要这样固执！

大　盗　（摇头不语）

妻　　　（"哇"的一声，又晕倒在沙发上）

夫　　　你看，她又晕过去了！

大　盗　咦！又晕过去了么！我的阿母尼亚呢？（自袋内取出阿母尼亚，放在李夫人鼻上）

妻　　　（醒来）我真不能活下去了！

夫　　　对了。倘然他始终不肯成全我们，我只得在名誉破产以前，自杀了事。你想我们尚有何面目见人呢？

妻　　　如果你自杀，我也只好自杀，但是……且慢，我们用什么方法自杀呢？手枪？鸦片烟？还是上吊？

夫　　　我们去跳海罢！投河，跳海前几年不是很时髦么？

妻　　　我看还是坐飞机罢！

夫　　　还是跳海痛快。

大　盗　（忽然回心转意）你们不用争论了。根本你们就不必自杀。我虽然做了二十年大盗，但是始终没有害过一条性命，那末何苦今天来害你们呢？……算了！因为要救你们二位的性命起见，我只好牺牲大盗张三的名誉了。来！来！我们再从长计议一下。

夫与妻　（十分高兴，同时起立）你现在肯答应把我们的东西带走么？

大　盗　除此之外，还有何法。但我虽然这样想，可是心尚不甘。我还想请你们把所有的东西，让我再细细的估量一下！不知你们愿意不愿意？

夫与妻　（如逢皇恩大赦一般，连忙拖着大盗，到那古董橱面前）说那里的话！真是求之不得，我们岂有不愿意的道理，你快拣罢。

夫　（又指墙上的字画）请你再细看一下子！只要你看得合意，不要说一两件，便是把这间屋内所有的东西完全搬走，我们也是情愿的。

大　盗　（先看橱内的古董，后看桌上的东西，再看墙上的字画，只是一味的摇头）

夫与妻　（十分担心的看大盗的举动，喃喃自语）但愿一切过往神明保佑，让他看中了一件吧。

大　盗　（忽然指着唐伯虎的画）那底下不是还有一张画吗？

夫　那是我高祖文端公的喜神。到了元旦那一天，我们才把它挂出来。

大　盗　我也可以赏鉴一下么？

夫　当然是可以的。（取下画）

大　盗　咦，这张喜神，笔致倒还不错。

夫　难道这倒还能值几个钱么？

大　盗　其实也不算什么。不过这倒的确是一件明末清初的作品，而且严格的说起来，还可以算得上一件精品。

夫	（听了精品两字，喜出望外）那真是梦想不到。（向妻）你看我到底有一件精品。
妻	这完全是靠祖宗的洪福呀！
大　盗	可是……
夫	请你快拿走吧。
大　盗	（踌躇不语）
妻	你别再迟疑不决了。千万可怜我们，把这幅喜神带走吧。咳！救人一命，胜造七级浮屠！（朗诵佛号）阿弥陀佛！救苦救难观世音菩萨！
大　盗	（仍微笑不动）
夫与妻	（惶急万分）你如果再不肯拿，我们就要双膝跪下来了。（跪下）
大　盗	（在半推半就中，幕徐徐下）

选自《宋春舫戏曲集》第1集

商务印书馆1937年版

作家的话 ◈

不但如此，我写剧虽然只费了一星期。然而从择题布局起，直到种种问题，如布景道白等解决为止，也不知经过了多少年头。我还记得在北大讲堂上，一有工夫，便和学生讨论这剧本应该如何写法。在朋友家中高兴起来，便请教朋友，可惜中国对于写剧有相当研究的人，实在不多，即便有几位，他们怕得罪人，所以总是唯唯诺诺的不置可否，直等到我的剧出版以后，《十日谈》中才批评我为"太贵族化"，第二卷第七八号合刊的《剧学月刊》剑啸君《中国的话剧》论文中，说《一幅喜神》

在将来中国戏曲史上，或有相当的位置……其余的批评，也许经不起"一·二八"以后的炮火，早都变成灰烬了。

《〈五里雾中〉之经过》

评论家的话 ◈

宋春舫曾作过一本《论剧》，把近代西洋的戏剧做了一个很清晰的介绍，那时中国一般人士对外国戏剧还不甚清楚，经他这次的介绍，遂豁然开朗了。他对戏剧是很有研究的，不过从不曾动笔去写过剧，新近他破天荒作了一个《一幅喜神》，很能抓住人生的症结，以幽默来施行讽刺，至于技巧的严整，描写的细腻，在中国话剧中，也可称得到相当的地位。

剑啸：《中国的话剧》

艾　青
向 太 阳　◈

　　艾青，1910 年出生于浙江金华，原名蒋正涵，号海澄。1928 年初中毕业后，考入国立西湖艺术院绘画系。1929 年赴法国巴黎勤工俭学，专修绘画。1932 年初回国，在上海参加中国左翼美术家联盟，与同人组织"春地美术研究所"。1932 年 7 月被捕入狱，在狱中写成长诗《大堰河——我的保姆》，发表后轰动诗坛。1935 年 10 月出狱，结集出版《大堰河》。抗日战争全面爆发后，艾青创作了《向太阳》《他死在第二次》《火把》等长诗和《北方》《旷野》等诗集。1941 年赴延安，在鲁迅艺术文学院任教，著有长诗《毛泽东》《雪里钻》，诗集《黎明的通知》等。1949 年以后担任过《人民文学》副主编、中国作协副主席。1957 年"反右运动"中被划成"右派"，先后到黑龙江、新疆农场劳动。"文革"后获平反，重返诗坛，再次爆发创作活力，著有诗集《归来的歌》《彩色的诗》《域外集》等。还著有《诗论》《新诗论》等较有影响的诗论集。1996 年逝世于北京。

从远古的墓茔

从黑暗的年代

从人类死亡之流的那边

震惊沉睡的山脉

若火轮飞旋于沙丘之上

太阳向我滚来……

——引自旧作《太阳》

一　我起来

我起来——

像一只困倦的野兽

受过伤的野兽

从狼藉着败叶的林薮

从冰冷的岩石上

挣扎了好久

支撑着上身

睁开眼睛

向天边寻觅……

我——

是一个

从遥远的山地

从未经开垦的山地

到这几千万人

　　用他们的手劳作着

　　用他们的嘴呼嚷着

　　用他们的脚走着的城市来的

　　　旅客，

我的身上

酸痛的身上

深刻地留着

风雨的昨夜的

长途奔走的疲劳

但

我终于起来了

我打开窗

用囚犯第一次看见光明的眼

看见了黎明

　　——这真实的黎明啊

（远方

似乎传来了群众的歌声）

于是　我想到街上去

二　街上

早安呵

你站在十字街头

　车辆过去时

　举着白袖子的手的警察

早安呵

你来自城外的

　挑着满箩绿色的菜贩

早安呵

你打扫着马路的

　穿着红色背心的清道夫

早安呵

你提了篮子，第一个到菜场去的

　棕色皮肤的年轻的主妇

我相信

昨夜

你们决不像我一样

　被不停的风雨所追踪

　被无止的噩梦所纠缠

你们都比我睡得好啊！

三　昨天

昨天

我在世界上

用可怜的期望

喂养我的日子

像那些未亡人

披着麻缕

用可怜的回忆

喂养她们的日子一样

昨天

我把自己的国土

　当作病院

——而我是患了难于医治的病的

没有哪一天

我不是用迟滞的眼睛

看着这国土的

　没有边际的凄惨的生命……

没有哪一天

我不是用呆钝的耳朵

听着这国土的

没有止息的痛苦的呻吟

昨天

我把自己关在

精神的牢房里

四面是灰色的高墙

没有声音

我沿着高墙

走着又走着

我的灵魂

不论白日和黑夜

永远地唱着

一曲人类命运的悲歌

昨天

我曾狂奔在

阴暗而低沉的天幕下的

没有太阳的原野

到山巅上去

伏倒在紫色的岩石上

流着温热的眼泪

哭泣我们的世纪

现在好了

一切都过去了

四　日出

太阳出来了……

当它来时……

城市从远方

用电力与钢铁召唤它

——引自旧作《太阳》

太阳

从远处的高层建筑

　——那些水门汀与钢铁所砌成的山

和那成百的烟突

成千的电线杆子

成万的屋顶

所构成的

密丛的森林里

出来了……

在太平洋

在印度洋

在红海

在地中海

在我最初对世界怀着热望

而航行于无边蓝色的海水上的少年时代

我都曾看着美丽的日出

但此刻

在我所呼吸的城市

喷发着煤油的气息

柏油的气息

混杂的气息的城市

敞开着金属的胴体

矿石的胴体

电火的胴体的城市

宽阔地

承受黎明的爱抚的城市

我看见日出

比所有的日出更美丽

五　太阳之歌

是的

太阳比一切都美丽

比处女

比含露的花朵

比白雪

比蓝的海水

太阳是金红色的圆体

是发光的圆体

是在扩大着的圆体

惠特曼

从太阳得到启示

用海洋一样开阔的胸襟

写出海洋一样开阔的诗篇

凡·高

从太阳得到启示

用燃烧的笔

蘸着燃烧的颜色

画着农夫耕犁大地

画着向日葵

邓肯

从太阳得到启示

用崇高的姿态

披示给我们以自然的旋律

太阳

它更高了

它更亮了

它红得像血

太阳

它使我想起　法兰西　美利坚的革命

想起　博爱　平等　自由

想起　德谟克拉西

想起　《马赛曲》《国际歌》

想起　华盛顿　列宁　孙逸仙

　　　和一切把人类从苦难里拯救出来的

　　　人物的名字

是的

太阳是美的

且是永生的

六　太阳照在

初升的太阳

照在我们的头上

照在我们的久久地低垂着

　　不曾抬起过的头上

太阳照着我们的城市和村庄

照着我们的久久地住着

    屈服在不正的权力下的城市和村庄

太阳照着我们的田野，河流和山峦

照着我们的从很久以来

    到处都蠕动着痛苦的灵魂的

    田野，河流和山峦……

今天

太阳的炫目的光芒

把我们从绝望的睡眠里刺醒了

也从那遮掩着无限痛苦的迷雾里

刺醒了我们的城市和村庄

也从那隐蔽着无边忧郁的烟雾里

刺醒了我们的田野，河流和山峦

我们仰起了沉重的头颅

从濡湿的地面

一致地

向高空呼嚷

"看我们

我们

笑得像太阳！"

七　在太阳下

"看我们

我们

笑得像太阳！"

那边

一个伤兵

支撑着木制的拐杖

沿着长长的墙壁

跨着宽阔的步伐

太阳照在他的脸上

照在他纯朴地笑着的脸上

他一步一步地走着

他不知道我在远处看着他

当他的披着绣有红十字的灰色衣服的

　高大的身体

走近我的时候

这太阳下的真实的姿态

我觉得

比拿破仑的铜像更漂亮

太阳照在

城市的上空

街上的人

这末多，这末多

他们并不曾向我打招呼

但我向他们走去

我看着每一个从我身边走过的人

对他们

我不再感到陌生

太阳照着他们的脸

照着他们的

　　光洁的，年轻的脸

　　发皱的，年老的脸

　　红润的，少女的脸

　　善良的，老妇的脸

和那一切的

　　昨天还在惨愁着但今天却笑着的脸

他们都匆忙地

摆动着四肢

在太阳光下

来来去去地走着

　　——好像他们被同一的意欲所驱使似的

他们含着微笑的脸

也好像在一致地说着

　　"我们爱这日子

　　不是因为我们

　　　看不见自己的苦难

　　不是因为我们

　　　看不见饥饿与死亡

　　我们爱这日子

　　是因为这日子给我们

　　带来了灿烂的明天的

　　最可信的音讯。"

太阳光

闪烁在古旧的石桥上……

几个少女——

　　那些幸福的象征啊

背着募捐袋

在石桥上

在太阳下

唱着清新的歌

　　"我们是天使

　　健康而纯洁

　　我们的爱人

　　年轻而勇敢

有的骑战马

　　驰骋在旷野

　　有的驾飞机

　　飞翔在天空……”

（歌声中断了，她们在向行人募捐）

现在

她们又唱了

　　“他们上战场

　　奋勇杀敌人

　　我们在后方

　　慰劳与宣传

　　一天胜利了

　　欢聚在一堂……”

她们的歌声

是如此悠扬

太阳照着她们的

　　骄傲地突起的胸脯

和袒露着的两臂

和发出尊严的光辉的前额

她们的歌

飘到桥的那边去了……

太阳的光

泛滥在街上

浴在太阳光里的

　街的那边

一群穿着被煤烟弄脏了的衣服的工人

扛抬着一架机器

　　——金属的棱角闪着白光

太阳照在

　他们流汗的脸上

当他们每一步前进时

他们发出缓慢而沉洪的呼声

　"杭——唷

　杭——唷

　我们是工人

　工人最可怜

　贫穷中诞生

　劳动里成长

　一年忙到头

　为了吃与穿

　吃又吃不饱

　穿又穿不暖

　杭——唷

　杭——唷

　自从八一三

　敌人来进攻

　工厂被炸掉

东西被抢光

几千万工友

饥饿与流亡

我们在后方

要加紧劳动

为国家生产

为抗战流汗

一天胜利了

生活才饱暖

杭——唷

杭——唷……"

他们带着不止的杭唷声

转弯了……

太阳光

泛滥在旷场上

旷场上

成千的穿草黄色制服的士兵

在操演

他们头上的钢盔

和枪上的刺刀

闪着白光

他们以严肃的静默

等待着

　那及时的号令

现在

他们开步了

从那整齐的步伐声里

我听见

　"一！二！三！四！

　一！二！三！四！

　我们是从田野来的

　我们是从山村来的

　我们生活在茅屋

　我们呼吸在畜棚

　我们耕犁着田地

　田地是我们的生命

　但今天

　敌人来到我们的家乡

　我们的茅屋被烧掉

　我们的牲口被吃光

　我们的父母被杀死

　我们的妻女被强奸

　我们没有了镰刀与锄头

　只有背上了子弹与枪炮

　我们要用闪光的刺刀

　抢回我们的田地

回到我们的家乡

消灭我们的敌人

敌人的脚踏到哪里

敌人的血流到哪里……

……　……

一！二！三！四！

一！二！三！四！

……　……"

这真是何等的奇遇啊……

八　今天

今天

奔走在太阳的路上

我不再垂着头

　把手插在裤袋里了

嘴也不再吹那寂寞的口哨

不看天边的流云

不彷徨在人行道

今天

在太阳照着的人群当中

我决不专心寻觅

那些像我自己一样惨愁的脸孔了

今天

太阳吻着我昨夜流过泪的脸颊

吻着我被人间世的丑恶厌倦了的眼睛

吻着我为正义喊哑了声音的嘴唇

吻着我这未老先衰的

啊！快要佝偻了的背脊

今天

我听见

太阳对我说

　"向我来

　从今天

　你应该快乐些呵……"

于是

被这新生的日子所蛊惑

我欢喜清晨郊外的军号的悠远的声音

我欢喜拥挤在忙乱的人丛里

我欢喜从街头敲打过去的锣鼓的声音

我欢喜马戏班的演技

　当我看见了那些原始的，粗暴的，健康的运动

我会深深地爱着它们

——像我深深地爱着太阳一样

今天

我感谢太阳

太阳召回了我的童年了

九　我向太阳

我奔驰

依旧乘着热情的轮子

太阳在我的头上

用不能再比这更强烈的光芒

燃灼着我的肉体

由于它的热力的鼓舞

我用嘶哑的声音

歌唱了：

　　"于是，我的心胸

　　被火焰之手撕开

　　陈腐的灵魂

　　搁弃在河畔……"

这时候

我对我所看见 所听见

感到了从未有过的宽怀与热爱

我甚至想在这光明的际会中死去……

1938 年 4 月在武昌

选自《向太阳》

希望社 1947 年版

作家的话 ◈

　　悲观？我从不悲观。我写了许多诗，歌颂太阳、春天。《向太阳》《火把》《黎明的通知》都是歌颂光明的。甚至在最艰苦的岁月里，我都反复吟诵白居易的诗句，那诗的意思是说：即使我的一生再怎么艰苦，我也是这里的一个人。

《艾青接受北德广播电台记者的采访》

评论家的话 ◈

　　《向太阳》是先前写作的《太阳》的姐妹篇。……《向太阳》展开了一个全新的境界，诗人不再是在想象那林间温柔的黎明，而是"用囚犯第一次看见光明的眼"，看到了"真实的黎明"。太阳光下，诗人用狂喜的目光，注视着那充满了生机的世界……艾青以明朗的心情宣告：他感到他已经告别了"把自己的国土当作病院"的"昨天"，以及"永远唱着一曲人类命运的悲歌"的"昨天"。他说，现在好了，"一切都过去了"。他感谢太阳……尽管我们可以认为，他把一切看得太美好，也太完满，这就是闻一多说的"给现实镀上金"。但是，我们肯定这个乐观和狂喜，近乎天真的诗人，把昨日的寒云冷雾一扫而空。艾青告别了眼里常含泪水的世界，艾青来到了一个充满生气的光明的天地。……但是，它仍然留着哪怕只是残余的哀愁。艾青毕竟是艾青，在光明到来的时候，他为什么想到了死?

谢冕：《他依然年青——谈艾青和他的诗》

王统照

芦①沟晓月

　　王统照，字剑三，1897 年生于山东诸城。1918 年入北京中国大学，并开始文学创作生涯。1921 年参加发起成立文学研究会，1922 年大学毕业后留校任教，1927 年去青岛市立中学执教，相继创作短篇小说集《春雨之夜》、中长篇《一叶》《黄昏》和《山雨》等。其早年创作感情细腻，文笔清丽，带有人生的幻灭感和神秘感，后来渐渐转向朴实和凝练。1934 年自费旅行欧洲，考察西方文艺，次年回国在上海任《文学》月刊主编。抗日战争期间蛰居上海，曾任暨南大学教授、开明书店编辑等。1949 年以后任山东大学教授、山东省文化局局长等职。1957 年病故于济南。

---

　　① 现代汉语词典为卢，本书为保持作品原貌，未改动。

"苍凉自是长安日，呜咽原非陇头水。"

这是清代诗人咏芦沟桥的佳句，也许，长安日与陇头水六字有过分的古典气息，读去有点碍口？但，如果你们明了这六个字的来源，用联想与想象的力量凑合起，提示起这地方的环境，风物，以及历代的变化，你自然感到像这样"古典"的应用确能增加芦沟桥的伟大与美丽。

打开一本详明的地图，从现在的河北省、清代的京兆区域里你可找得那条历史上著名的桑干河。在往古的战史上，在多少吊古伤今的诗人的笔下，桑干河三字并不生疏。但，说到治水，㶟水，灅水这三个专名似乎就不是一般人所知了。还有，凡到过北平的人，谁不记得北平城外的永定河——即不记得永定河，而外城的正南门，永定门，大概可说是"无人不晓"罢。我虽不来与大家谈考证，讲水经，因为要叙叙芦沟桥，却不能不谈到桥下的水流。

治水，㶟水，灅水，以及俗名的永定河，其实都是那一道河流——桑干。

还有，河名不甚生疏，而在普通地理书上不大注意的是另外一道大流——浑河。浑河源出浑源，距离著名的恒山不远，水色浑浊，所以又有小黄河之称。在山西境内已经混入桑干河，经怀仁，大同，委弯曲折，至河北的怀来县。向东南流入长城，在昌平县境的大山中如黄龙似地转入宛平县境，二百多里，才到这条巨大雄壮的古桥下。

原非陇头水，是不错的，这桥下的汤汤流水，原是桑干与浑河的合流；也就是所谓治水，㶟水，灅水，永定河与浑河，小黄河，黑水河（浑河的俗名）的合流。

桥工的建造既不在北宋的时代，也不开始于蒙古人的占据北平。金人与南宋南北相争时，于大定二十九年六月方将这河上的木桥换了，用石料造成。这是见之于金代的诏书，据说："明昌二年三月桥成，敕命名广利，并建东西廊以便旅客。"

马可·波罗来游中国，服官于元代的初年时，他已看见这雄伟的工程，曾在他的游记里赞美过。

经过元明两代都有重修，但以正统九年的加工比较伟大，桥上的石栏，石狮，大约都是这一次重修的成绩。清代对此桥的大工役也有数次，乾隆十七年与五十年两次的动工，确为此桥增色不少。

"东西长六十六丈，南北宽二丈四尺，两栏宽二尺四寸，石栏一百四十，桥孔十有一，第六孔适当河之中流。"

按清乾隆五十年重修的统计，对此桥的长短大小有此说明，使人（没有到过的）可以想象它的雄壮。

从前以北平左近的县分属顺天府，也就是所谓京兆区。经过名人题咏的，京兆区内有八种胜景：例如西山霁雪，居庸叠翠，玉泉垂虹等，都是很幽美的山川风物。芦沟不过有一道大桥，却居然也与西山居庸关一样列入八景之一，便是极富诗意的"芦沟晓月"。

本来，"杨柳岸晓风残月"是最易引动从前旅人的感喟与欣赏的凌晨早发的光景；何况在远来的巨流上有这一道雄伟壮丽的石桥；又是出入京都的孔道，多少官吏，士人，商贾，农，工，为了事业，为了生活，为了游览，他们不能不到这名利所萃的京城，也不能不在夕阳返照，或东方未明时打从这古代的桥上经过。你想：在交通工具还没有如今迅速便利的时候，车马，担篓，来往奔驰，再加上每个行人谁没有忧、喜、欣、戚的真感横在心头，谁不为"生之活动"在精神上负一份重担？盛景当前，把一片壮美的感觉移入渗化于自己的忧喜欣戚之中，无论他是有怎样的观照，由于时间与空间的变化错综，面对着这个具有崇高美的压迫力的建筑物，行人如非白痴，自然以其鉴赏力的差别，与环境的相异，生发出种种的触感。于是留在他们的心中，或留在借文字绘画表达出的作品中，对于芦沟桥三字真有很多的酬报。

不过，单以"晓月"形容芦沟桥之美，据传说是另有原因：每当旧历的月尽头（晦日），天快晓时，下弦的钩月在别处还看不分明，如有人到此桥上，他偏先得清光。这俗传的道理是否可靠，不能不令人疑惑。其实，芦沟桥也不过高起一些，难道同一时间在西山山顶，或北平城内的白塔（北海山上）上，看那晦晓的月亮，会比芦沟桥上不如？不过，话还是不这么拘板说为妙，用"晓月"陪衬芦沟桥的实是一位善于想象而又身经的艺术家的妙语，本来不预备后人去作科学的测验。你想："一日之计在于晨"，何况是行人的早发。朝气清蒙，烘托出那钩人思感的月亮——上浮青天，下嵌白石的巨桥。京城的雉堞若隐若现，西山的云翳似近似远，大野无边，黄流激奔，……这样光，这样色彩，这样地点与建筑，不管是料峭的春晨，凄冷的秋晓，景物虽然随时有变，但若无雨雪的降临，每月末五更头的月亮，白石桥，大野，黄流，总可凑成一幅佳画，渲染飘浮于行旅者的心灵深处，发生出多少样反射的美感。

你说：偏以"晓月"陪衬这"碧草芦沟"，（清刘履芬的《鸥梦词》中有长亭怨一阕，起语是：叹销春间关轮铁，碧草芦沟，短长程接。）不是最相称的"妙境"么？

无论你是否身经其地，现在，你对于这名标历史的胜迹，大约不止于"发思古之幽情"罢？其实，即以思古而论也尽够你深思，咏叹，有无穷的兴趣！何况血痕染过那些石狮的鬈鬓，白骨在桥上的轮迹里腐化，漠漠风沙，呜咽河流，自然会造成一篇悲壮的史诗。就是万古长存的"晓月"也必定对你惨笑，对你冷觑，不是昔日的温柔，幽丽，只引动你的"清念"。

桥下的黄流，日夜呜咽，泛挹着青空的灏气，伴守着沉默的郊野。……

他们都等待着有明光大来与洪涛冲荡的一日，——那一日的清晓。

选自《去来今》集

文化生活出版社 1940 年版

作家的话 ◈

生活于这样苦难的时代，也就是使每个人受到严重试验的时代里，无论在什么地方，所见，闻，思，感的是何等对象，谁能漠然无动于衷？当情意愤悱，又无从挥发的时候，偶然比物，托事，涂几首真真不能自已的韵语，固可少觉慰安，同时，也深增惭愧！

《〈江南曲〉自序》

评论家的话 ◈

　　"七七"以后，"芦沟桥"这个名字已经成为家喻户晓、激动人心的字眼。这里的隆隆炮声，动员了千百万人民投身到伟大的民族解放战争的洪流中去。王统照考证了芦沟桥的历史沿革和"芦沟晓月"的由来，强调对于这名彪史册的历史胜迹，"现在"人们再也不会只停留在"发思古之幽情"上，那儿，中国人民的鲜血染红了"石狮的鬈鬣"，抗日健儿的白骨还在"桥上的轮迹里腐化"，芦沟桥揭开了伟大抗战历史的第一页。因此，"就是万古长存的'晓月'……桥下的黄流，天空的灏气，沉默的郊野。……他们都等待着有明光大来与洪涛冲荡的一日，——那一日的清晓。"（《芦沟晓月》）反映了作者迫切地期待胜利的到来！

王锦泉：《〈王统照散文选集〉序言》

陆 蠡
囚绿记

陆蠡，原名陆圣泉，1908 年生于浙江天台。20 世纪 30
年代先在泉州平民中学任教，并写作散文诗，后到上海参
加文化生活出版社的编辑工作。1942 年上海沦陷后，因坚
持出版抗日作品而遭日本宪兵逮捕，不久失踪。著有散文
集《海星》《竹刀》《囚绿记》三种，以及译有屠格涅夫的
作品。

这是去年夏间的事情。

我住在北平的一家公寓里。我占据着高广不过一丈的小房间，砖铺的潮湿的地面，纸糊的墙壁和天花板，两扇木格子嵌玻璃的窗，窗上有很灵巧的纸卷帘，这在南方是少见的。

窗是朝东的。北方的夏季天亮得快，早晨五点钟左右太阳便照进我的小屋，把可畏的光线射个满室，直到十一点半才退出，令人感到炎热。这公寓里还有几间空房子，我原有选择的自由的，但我终于选定了这朝东房间，我怀着喜悦而满足的心情占有它，那是有一个小小理由。

这房间靠南的墙壁上，有一个小圆窗，直径一尺左右。窗是圆的，却嵌着一块六角形的玻璃，并且左下角是打碎了，留下一个大孔隙，手可以随意伸进伸出。圆窗外面长着常春藤。当太阳照过它繁密的枝叶，透到我房里来的时候，便有一片绿影。我便是欢喜这片绿影才选定这房间的。当公寓里的伙计替我提了随身小提箱，领我到这房间来的时候，我瞥见这绿影，感觉到一种喜悦，便毫不犹疑地决定下来，这样了截爽直使公寓里伙计都惊奇了。

绿色是多宝贵的啊！它是生命，它是希望，它是慰安，它是快乐。我怀念着绿色把我的心等焦了。我欢喜看水白，我欢喜看草绿。我疲累于灰暗的都市的天空，和黄漠的平原，我怀念着绿色，如同涸辙的鱼盼等着雨水！我急不暇择的心情即使一枝之绿也视同至宝。当我在这小房中安顿下来，我移徙小台子到圆窗下，让我的面朝墙壁和小窗。门虽是常开着，可没人来打扰我，因为在这古城中我是孤独而陌生。但我并不感到孤独。我忘记了困倦的旅程和已往的许多不快的记忆。我望着这小圆洞，绿叶和我对语。我了解自然无声的语言，正如它了解我的语言一样。

我快活地坐在我的窗前。度过了一个月，两个月，我留恋于这片绿色。我开始了解渡越沙漠者望见绿洲的欢喜。我开始了解航海的冒险家望见海面漂来花草的茎叶时的欢喜。人是在自然中生长的，绿是自然的颜色。

我天天望着窗口常春藤的生长。看它怎样伸开柔软的卷须，攀住一根缘引它的绳索，或一茎枯枝；看它怎样舒开折叠着的嫩叶，渐渐变青，渐渐变老，我细细观赏它纤细的脉络，嫩芽，我以揠苗助长的心情，巴不得它长得快，长得茂绿。下雨的时候，我爱它淅沥的声音，婆娑的摆舞。

忽然有一种自私的念头触动了我。我从破碎的窗口伸出手去，把两枝浆液丰富的柔条牵进我的屋子里来，教它伸长到我的书案上，让绿色和我更接近，更亲密。我拿绿色来装饰我这简陋的房间，装饰我过于抑郁的心情。我要借绿色来比喻葱茏的爱和幸福，我要借绿色来比喻猗郁的年华。我囚住这绿色如同幽囚一只小鸟，要它为我作无声的歌唱。

绿的枝条悬垂在我的案前了。它依旧伸长，依旧攀缘，依旧舒放，并且比在外边长得更快。我好像发现了一种"生的欢喜"，超过了任何种的喜悦。从前我有个时候，住在乡间的一所草屋里，地面是新铺的泥土，未除净的草根在我的床下茁出嫩绿的芽苗，蕈菌在地角上生长，我不忍加以剪除。后来一个友人一边说一边笑，替我拔去这些野草，我心里还引为可惜，倒怪他多事似的。

可是每天早晨，我起来观看这被幽囚的"绿友"时，它的尖端总朝着窗外的方向。甚至于一枚细叶，一茎卷须，都朝原来的方向。植物是多固执啊！它不了解我对它的爱抚，我对它的善意。我为了这永远向着阳光生长的植物不快，因为它损害了我的自尊心。可是我囚系住它，仍旧让柔弱的枝叶垂在我的案前。

它渐渐失去了青苍的颜色，变成柔绿，变成嫩黄；枝条变成细瘦，变成娇弱，好像病了的孩子。我渐渐不能原谅我自己的过失，把天空底下的植物移锁到暗黑的室内；我渐渐为这病损的枝叶可怜，虽则我恼怒它的固执，无亲热，我仍旧不放走它。魔念在我心中生长了。

我原是打算七月尾就回南去的。我计算着我的归期，计算这"绿囚"出牢的日子。在我离开的时候，便是它恢复自由的时候。

芦沟桥事件发生了。担心我的朋友电催我赶速南归。我不得不变更我的计划，在七月中旬，不能再流连于烽烟四逼中的旧都，火车已经断了数天，我每日须得留心开车的消息。终于在一天早晨候到了。临行时我珍重地开释了这永不屈服于黑暗的囚人。我把瘦黄的枝叶放在原来的位置上，向它致诚意的祝福，愿它繁茂苍绿。

离开北平一年了。我怀念着我的圆窗和绿友。有一天，得重和它们见面的时候，会和我面生么？

选自《囚绿记》

文化生活出版社 1940 年版

作家的话 ◈

　　我是一个不幸的卖艺者。当命运的意志命我双手擎住一端是理智一端是感情的沙袋担子，强我缘走窄小的生命的绳索，我是多么战兢啊！为了不使自己倾跌，我竭力保持两端的平衡。在每次失去平衡的时候便移动脚步，取得一个新立足点，或者是每次移动脚步时，更重新求得一次平衡。

　　就是在这时刻变换的将失未失的平衡中，在这矛盾和缪辖中，我听到我内心抱怨的声音。有时我想把它记录下来，这心灵起伏的痕迹。我用文字的彩衣给它装扮起来，犹如人们用美丽的衣服装扮一个灵魂；而从衣服上面并不能窥见灵魂，我借重文采的衣裳来逃避穿透我的评判者的锐利的眼睛。我永远是胆小的孩子，说出心事来总有几分羞怯。

《〈囚绿记〉序》

评论家的话 ◈

　　陆蠡正是这样一个"没有骄傲"的人，老实人，到了寂寞的时候，便从过去寻找温暖，或者深一层，如鲁迅所说，用他的文字描绘人生的"破绽"。……他的世界不像鲁迅的世界那样大，然而当他以一个渺小的心灵去爱自己的幽暗的角落的时候，他的敦厚本身摄来一种光度，在文字娓娓叙谈之中，照亮了人性的深厚。这就是做一个小人物的好处，如若自身并不发光，由于谦虚和爱，正也可以"凡爱光者都将得光"。

　　正因口齿的钝拙，感情习于深敛，吐入文字，能够持久不凋。他不放纵他的感情；他蕴藉力量于匀静。丽尼的散文多是个人的哀怨，流畅，如十九世纪初叶，我不敢就说他可以征服我的顽强的心灵。那是一阵大风。我们则是贴地而生的野草。然而陆蠡，这就是谦虚的美德，和风习习，看不见飙急，吹苏了遍野的种子。他可以离开自己，从大陆隐微的生命提示一个崇高的真理，而这个真理带着温暖，很容易就落在我们的心头。

刘西渭：《陆蠡的散文》

光未然
黄河大合唱

    光未然，本名张光年。1913 年生于湖北光化，早年当过店员、小学教师。20 世纪 30 年代在武汉任中学教师，1935 年创作歌词《五月的鲜花》，谱曲后在抗日救亡运动中广为流传。1939 年率抗敌演剧队第三队赴延安，同年写出组诗《黄河大合唱》，经冼星海谱曲后风行全国。皖南事变后曾被迫出走缅甸。1942 年回到云南，执教于云南大学附中，并从事民主运动，同时整理民间长诗《阿细的先基》。1946 年起先后在北方大学艺术学校和华北大学文艺学院任教。1949 年后任《剧本》《文艺报》主编，中国作协书记处书记、副主席等。出版有诗集《五月花》《光未然歌诗选》及《文艺论辩集》等。2002 年 1 月 28 日去世。

一 黄河船夫曲（男声合唱）

（朗诵词）

朋友！

你到过黄河吗？

你渡过黄河吗？

你还记得河上的船夫

拼着性命和

惊涛骇浪搏战的情景吗？

如果你已经忘掉的话，

那么你听吧！

（歌词）

咳哟！

划哟！划哟！划哟！

划哟，冲上前！

划哟，冲上前！……

咳哟！

乌云啊，

遮满天！

波涛啊，

高如山！

冷风啊，

扑上脸！

浪花啊，

打进船！

咳哟！

伙伴啊，

睁开眼！

舵手啊，

把住腕！

当心啊，

别偷懒！

拼命啊，

莫胆寒！

咳！划哟！

咳！划哟！

不怕那千丈波涛高如山！

不怕那千丈波涛高如山！

行船好比上火线，

团结一心冲上前！

咳！划哟！

咳！划哟！

咳哟！划哟！……

划哟！冲上前！

划哟！冲上前！……

咳哟！

哈哈哈哈……！

我们看见了河岸，

我们登上了河岸，

心啊安一安，

气啊喘一喘。

回头来，

再和那黄河怒涛

决一死战！

决一死战！

二　黄河颂（男声独唱）

（朗诵词）

啊，朋友！

黄河以它英雄的气魄，

出现在亚洲的原野；

它表现出我们民族的精神：

伟大而又坚强！

这里，

我们向着黄河，

唱出我们的赞歌。

（歌词）

我站在高山之巅，

望黄河滚滚，

奔向东南。

金涛澎湃，

掀起万丈狂澜；

浊流宛转，

结成九曲连环；

从昆仑山下

奔向黄海之边；

把中原大地

劈成南北两面。

啊！黄河！

你是中华民族的摇篮！

五千年的古国文化，

从你这发源；

多少英雄的故事，

在你的身边扮演！

啊！黄河！

你是伟大坚强，

像一个巨人

出现在亚洲平原之上，

用你那英雄的体魄

筑成我们民族的屏障。

啊！黄河！

你一泻万丈，

浩浩荡荡，

向南北两岸

伸出千万条铁的臂膀。

我们民族的伟大精神，

将要在你的哺育下

发扬滋长！

我们祖国的英雄儿女，

将要学习你的榜样，

像你一样的伟大坚强！

像你一样的伟大坚强！

三　黄河之水天上来（朗诵歌曲）

（朗诵词）

黄河！

我们要学习你的榜样，

像你一样的伟大坚强。

这里，

我们在你面前，

献上一首诗，

哭诉我们民族的灾难。

（歌词）

黄河之水天上来，

排山倒海，

汹涌澎湃，

奔腾叫啸，

使人肝胆破裂！

这是中国的大动脉，

在它的周身，

奔流着民族的热血。

红日高照，

水上金光迸裂。

月出东山，

河面银光似雪。

它震动着，

跳跃着，

像一条飞龙，

日行万里，

注入浩浩的东海。

虎口——龙门，

摆成天上的奇阵；

人，

不敢在它的身边挨近；

就是毒龙，

也不敢在水底存身。

从十里路外，

仰望着它的浓烟上升，

像烧着漫天大火，

使你热心沸腾；

其实——

凉气逼来，

你会周身感到寒冷。

它呻吟着，

震荡着，

发出十万万匹马力，

摇动了地壳，

冲散了天上的乌云。

啊，黄河！

河中之王！

它是一匹疯狂的野兽啊，

发起怒来，

赛过千万条毒蟒，

它要作浪兴波，

冲破人间的堤防；

于是黄河两岸，

遭到可怕的灾殃：

它吞食了两岸的人民，

削平了数百里外的村庄，

使千百万同胞

扶老携幼，

流亡他乡，

挣扎在饥饿线上，

死亡线上！

如今

两岸的人民，

又受到空前的灾难：

东方的海盗，

在亚洲的原野，

放出杀人的毒焰；

饥饿和死亡，

像黑热病一样

在黄河的两岸传染！

啊，黄河！

你抚育着我们民族的成长；

你亲眼看见，

这五千年的古国

遭受过多少灾难！

自古以来，

在黄河边上

展开了无数血战，

让累累白骨

堆满你的河身，

殷殷鲜血

染红你的河面！

但你从没有看见

敌人的残暴

如同今天这般；

也从没有看见

黄帝的子孙

像今天这样

开始了全国动员；

在黄河两岸，

游击兵团，

野战兵团，

星罗棋布，

穿插在敌人后面；

在万山丛中，

在青纱帐里，

展开了英勇的血战！

啊，黄河！

你记载着我们民族的年代，

古往今来，

在你的身边

兴起了多少英雄豪杰！

但是，

你从不曾看见

四万万同胞

像今天这样

团结得如钢似铁；

千百万民族英雄，

为了保卫祖国

洒尽他们的热血；

英勇的故事，

像黄河怒涛，

山岳一般地壮烈！

啊，黄河！

你可曾听见

在你的身旁

响彻了胜利的凯歌？

你可曾看见

祖国的铁军

在敌人后方

布成了地网天罗？

他们把守着黄河两岸，

不让敌人渡过！

他们要把疯狂的敌人

埋葬在滚滚的黄河！

啊，黄河！

你奔流着，

怒吼着，

替法西斯的恶魔

唱出灭亡的葬歌！

你怒吼着，

叫啸着，

向着祖国的原野，

响应我们伟大民族的

胜利的凯歌！

四　黄水谣（齐唱）

（朗诵词）

我们是黄河的儿女！

我们艰苦奋斗，

一天天接近胜利。

但是，

敌人一天不消灭，

我们一天便不能安身；

不信，你听听

河东民众痛苦的呻吟。

（歌词）

黄水奔流向东方，

河流万里长。

水又急，

浪又高，

奔腾叫啸如虎狼。

开河渠，

筑堤防，

河东千里成平壤。

麦苗儿肥啊，

豆花儿香，

男女老幼喜洋洋。

自从鬼子来，

百姓遭了殃！

奸淫烧杀，

一片凄凉，

扶老携幼，

四处逃亡，

丢掉了爹娘，

回不了家乡！

黄水奔流日夜忙，

妻离子散，

天各一方！

妻离子散，

天各一方！

五　河边对口曲 （对唱）

（朗诵词）

妻离子散，

天各一方！

但是，

我们难道永远逃亡？

你听听吧，

这是黄河边上

两个老乡的对唱。

（歌词）

张老三，我问你，

你的家乡在哪里？

我的家，在山西，

过河还有三百里。

我问你，在家里

种田还是做生意？

拿锄头，耕田地，
种的高粱和小米。

为什么，到此地，
河边流浪受孤凄？

痛心事，莫提起，
家破人亡无消息。

张老三，莫伤悲，
我的命运不如你！

为什么，王老七，
你的家乡在何地？

在东北，做生意，
家乡八年无消息。

这么说，我和你
都是有家不能回！

仇和恨，在心里，

奔腾如同黄河水！

黄河边，定主意，

咱们一同打回去！

为国家，当兵去，

太行山上打游击！

从今后，我和你

一同打回老家去！

六　黄河怨（女声独唱）

（朗诵词）

朋友！

我们要打回老家去！

老家已经太不成话了！

谁没有妻子儿女，

谁能忍受敌人的欺凌？

亲爱的同胞们！

你听听

一个妇人悲惨的歌声。

（歌词）

风啊，

你不要叫喊！

云啊，

你不要躲闪！

黄河啊，

你不要呜咽！

今晚，

我在你面前

哭诉我的仇和冤！

命啊，

这样苦！

生活啊，

这样难！

鬼子啊，

你这样没心肝！

宝贝啊，

你死得这样惨！

我和你无仇又无冤，

偏让我无颜偷生在人间！

狂风啊，

你不要叫喊！

乌云啊，

你不要躲闪！

黄河的水啊，

你不要呜咽！

今晚

我要投在你的怀中，

洗清我的千重愁来万重冤！

丈夫啊，

在天边！

地下啊，

再团圆！

你要想想妻子儿女死得这样惨！

你要替我把这笔血债清算！

你要替我把这笔血债清还！

七　保卫黄河（轮唱）

（朗诵词）

但是，

中华民族的儿女啊，

谁愿像猪羊一般

任人宰割？

我们要抱定必胜的决心，

保卫黄河！

保卫华北！

保卫全中国！

217

（歌词）

风在吼。

马在叫。

黄河在咆哮。

黄河在咆哮。

河西山冈万丈高。

河东河北

高粱熟了。

万山丛中，

抗日英雄真不少！

青纱帐里，

游击健儿逞英豪！

端起了土枪洋枪，

挥动着大刀长矛，

保卫家乡！

保卫黄河！

保卫华北！

保卫全中国！

八　怒吼吧，黄河!（大合唱）

（朗诵词）

听啊：

珠江在怒吼!

扬子江在怒吼!

啊! 黄河!

掀起你的怒涛，

发出你的狂叫，

向着全中国被压迫的人民，

向着全世界被压迫的人民，

发出你战斗的警号吧!

（歌词）

怒吼吧，黄河!

怒吼吧，黄河!

怒吼吧，黄河!

掀起你的怒涛，

发出你的狂叫!

向着全世界的人民，

发出战斗的警号!

啊——！

五千年的民族，

苦难真不少！

铁蹄下的民众，

苦痛受不了！

受不了……！

但是，

新中国已经破晓；

四万万五千万民众

已经团结起来，

誓死同把国土保！

你听，你听，你听：

松花江在呼号；

黑龙江在呼号；

珠江发出了英勇的叫啸；

扬子江上

燃遍了抗日的烽火！

啊！黄河！

怒吼吧！怒吼吧！怒吼吧！

向着全中国受难的人民，

发出战斗的警号！

向着全世界劳动的人民，

发出战斗的警号！

1939 年 3 月写于延安

选自《五月花》

作家出版社 1960 年 5 月版

作家的话 ◈

我写诗很少，却惯于为朗读或制曲而锻句。在我看来，诗歌的语言，主要的不是诉之于视觉，而是诉之于听觉的。我自己练习写作，就大体上本着这个信条。

《〈五月花〉后记》

评论家的话 ◈

光未然（张光年）以写歌词和朗诵诗闻名。抗战前夕，就发表了歌颂抗日志士、反对卖国投降的歌词《五月的鲜花》。1939 年 3 月在延安创作了组诗《黄河大合唱》。这组气势磅礴、雄健浑厚的英雄诗篇，经著名作曲家冼星海谱曲，相得益彰。"音乐的雄壮而多变化，使原有富于情感的词句，就像风暴中浪潮一样，震撼人的心魄。"（郭沫若语）

臧克家：《〈中国新文学大系（1937—1949）·诗卷〉序》